나는 꽤 괜찮은 내가 될 거야

나는 꽤 괜찮은 내가 될 거야

정신분석가가 10대에게 전하는 자기 이해 수업

이승욱 지음

생각
학교

나는 꼭 무엇이 되어야 할까요
나 자신이 되는 법에 대하여

10대에게도 정신분석이 필요할까요?

어떤 것에 대해 잘 안다고 말하려면 무엇을 어느 정도 알아야 할까요? "나는 나 자신에 대해 잘 안다"고 말하려면 나에 대한 무엇을 어느 정도 알고 있어야 할까요?

한 가지 답은 이렇습니다. 나에 대해 잘 안다고 말하려면 내가 나에 대해 모르는 것이 무엇인지를 먼저 잘 알아야 합니다. 내가 무엇을 모르는지조차 모른 채로 잘 안다고 말할 수 없기 때문입니다. 그렇다면 우리는 자신에 대해서 얼마나 잘 안다고 말할 수 있을까요?

정신분석, 나도 모르는 나를 탐구하는 여정

우리는 종종 자신의 마음이 마음대로 움직이지 않는다는 걸 압니다. 화를 조절하지 못하거나, 우울감을 떨치지 못하기도 하고요, 또 내가 정말 무엇을 원하는지 몰라서 오랫동안 혼란스러워하기도 합니다. 모두 자신의 마음이지만 그것을 제대로 알지도 못하고 통제하지도 못합니다. 그래서 인간의 마음에 대해 연구하는 여러 학문이 생겨났는데, 그 중 하나가 정신분석학입니다. 간단히 말해 정신분석은 인간의 무의식을 탐구하는 학문이며 심리치료의 기법입니다.

정신분석 작업에는 정신분석가와 내담자가 있습니다. 내담자는 정신분석을 받으러 온 사람입니다. 행여 오해할까봐 미리 말하지만, 내담자들은 정신적으로 문제를 가지고 있는 사람이 아닙니다. 대부분의 내담자들은 자기 삶에 충실하고 사회적으로나 직업적으로 충분히 자기 몫을 잘 하는 사람들입니다. 하지만 인생을 살다보면 좋지 않은 일들이 한꺼번에 생기거나 원치 않는 마음의 상처를 입습니다. 그때 전문가의 도움을 받아 자기 삶에 대해 연구하고 왜 내 삶에 이런 일이 벌어졌는지 근본적인 탐구를 하면, 더 자유롭고 더 균형 잡힌 사람이 될 수 있습니다. 이를 위해 정신분석 작업을 해나가는 것입니다. 분석가와 내담자, 두 사람은 정기적으로 정해진 시간에 만나 짧게는 몇 달 길게는 몇 년 동안 내면을 탐구하는 작업을 합니다.

약 30년간 나는 동서양의 남녀노소, 여러 가지 상황에 처한 수많은 내담자들을 만났습니다. 그들 모두는 자신에 대해 몰랐던 것을 알아갈수록 자신을 더 두려워했습니다. '내 안에 또 무엇이, 내가 모르는 또 어떤 힘겨운 것들이 있는지' 알아갈수록 더 모르겠다고 생각했습니다. 처음에는 '아, 내가 모르는 이런 것이 있구나'라고 알아지다가, 여러 번 그런 경험을 하고 나면 자신이 모르는 것이 얼마나 많은지 가늠도 되지 않게 됩니다.

그런 두려움을 경험하면서 동시에 그들 모두는 점점 더 삶이 단단해짐을 느낀다고도 말했습니다. 자신에 대해 모르는 것이 있다는 것을 인정하고 나니, 덜 불안해졌다고 말했습니다. 세상을 대하는 자신의 태도는 물론 자기 자신에 대해서도 더 굳세졌다는 말입니다.

어떻게 모르는 것을 알게 되면 굳센 힘이 생길까요? 그것은 자신에 대해 무지하다는 것을 솔직하게 받아들이면서 시작됩니다. 의연함은 솔직할 수 있는 용기에서 비롯되기 때문입니다. 겸허함과 침착함을 동시에 가지게도 됩니다.

무의식은 어떻게 만들어질까

무의식은 대체로 어린 시절에 경험한 일이 쌓이고 합쳐지는 과정을 거치면서 만들어집니다. 특히 한 살에서 세 살까지의 경험은 기억이 잘 나지 않기에 우리는 대체로 관심을 두지 않습니다만, 사실 정신분석에서는 가장 주목하는 시기입니다.

이때의 경험은 기억에 쓰이지 않고 그대로 몸속에 저장되어 버립니다. 여러분들은 얼마나 안정되게 수유를 받았는지 기억하지 못하지만 신생아에게 수유의 안정성은 이 세상이 불안한 곳인지 안심해도 되는 곳인지를 판단하는 데 결정적인 경험이 됩니다. 아무런 힘도 없고 심지어 걸어 다닐 수도 없는 영아는 오직 양육자가 제공하는 환경에 의존해서 살 수밖에 없습니다. 따라서 예측 가능하고, 일관되며 안정적인 양육환경에서 자란 사람이라면 세상과 자신에 대한 믿음이 더 강할 것입니다. 하지만 우리 모두는 이 시기의 감각적인 경험을 기억하지 못한 채 그대로 몸에 저장합니다.

좀더 자라서 걸어 다니기 시작할 때면 이른바 변훈련, 똥오줌을 가리게끔 요구 받습니다. 문명화의 시작이죠. 인간은 지구에 사는 모든 생물체 중 똥오줌을 남들이 보지 않는 곳에서 해결해야 하는 유일한 개체들입니다. 이때 변훈련을 엄격하게 받았을수록 어떤 일들에 강박적이고 분노 조절에 실패하는 경향이 있다고 정신분석 이론은 말합니다. 몸에서 배설하는 것을 엄하게 훈육 받으면 감정을 표현하는 데도 어려움을 겪습니다.

이런 경험들은 몸속에 저장되어 심리적 구조를 형성하고 사고와 판단 즉, 성격의 기본 틀이 됩니다. 하지만 기억할 수 없는 영역이므로 도무지 그 심리적 과정을 파악하기 어렵습니다. 이 3년이 우리의 정신을 기초하는 가장 중요한 시간임에도 말입니다.

그뿐만이 아닙니다. 서너 살이 지난 뒤에도 우리는 많은 사람을 만나고 많은 경험을 합니다. 이 세상은 해서는 안 될 일들이 너무 많습니다. 하고 싶지 않은데 해야 할 일도 너무 많습니다. 그러다 보면 우리 정신은 어느새 이걸 해도 될지 말지를 검열해야 하며, 하고 싶지만 해서는 안 될 일을 마음에서 '억압'하게 됩니다. 우리 마음에는 점점 불만과 결핍이 쌓입니다. 자신만의 방식으로 그걸 해결하는 은밀한 방법을 찾기도 합니다. 이런 내용을 우리는 다 기억하지 못하지만, 성격과 인성을 형성하는 데 결정적으로 영향을 줍니다.

그래서 내 마음이지만 내 마음대로 되지 않는다면 여러분들이 알지 못하는 그곳, 무의식에서 뭔가가 벌어지고 있다는 뜻입니다. 무의식은 눈에 보이지 않는 힘이며 마음과 행동의 결정자이기 때문입니다. 이렇게 우리는 자신이 무엇을 모르는지 조차 모른 채 성장합니다.

나에게 침착하고 타인에게 다정한, 유일한 사람

그래서 정신분석은 '나'라는 난해한 텍스트(교재)를 연구하는 작업입니다. 좀 멋지지 않습니까? '나'는 나 자신뿐 아니라 인간과 세상을 이해하는 데 아주 훌륭한 교재입니다. 그 교재를 잘 읽고 나면 여전히 다 이해되지 않고, 또 잘 모르는 부분도 있겠지만 내가 어디를 잘 모르고 이해하지 못했는지는 알게 되죠. 알게 되면 두려움이 없어집니다.

정신분석가는 이 작업에서 질문자, 가능한 가장 좋은 질문을 엄선하여 제공하는 사람입니다. 좋은 연구자는 좋은 질문을 만들어내는 사람이고, 좋은 질문은 이미 좋은 답을 예비하는 경우가 많으니까요. 정신분석가와 내담자는 합심해서 내담자 자신에 대해 연구합니다.

직업의 이름이 정신분석(Psychoanalysis)이다 보니 정신을 마구 분석해서 사람의 마음을 읽어버리는 사람으로 오해를 살 때가 많은데요, 전혀 그렇지 않습니다. 티비에 나와서 사람들 애기를 몇 십 분 듣고는, 당신은 이렇다 저렇다라고 말하는 '척 보니 알겠다'류의 전문가를 저는 신뢰하지 않습니다. 한 사람을 그렇게 쉽게 설명하는 것이 무슨 의미가 있겠습니까. 인간은 '설명되어야 할 대상'이 아니라 '이해받아야 할 존재'입니다. 정신분석은 그 누구보다 자신이 스스로를 가장 잘 이해하는 데 궁극적인 목적을 둡니다.

오랜 시간 이 일을 하는 동안 가끔 만족스럽지 못할 때는 있었지만 한 번도 실패한 적은 없습니다. 자신을 연구하는 일에 실패는 없으니까요. 이 과정에서 인간의 삶을 굳세고도 유연하게 만드는 방법을 조금 알게 되었습니다. 그리고 그 연구가 잘 이루어졌을 때 어떤 좋은 일이 일어나는지도 많이 보았습니다.

무엇보다 가장 즐거운 일은 어떻게 자기 자신과 접촉하고 대면하고 또 대화할 수 있는지 알 수 있다는 것입니다. 이런 경험이 자꾸 쌓이면 자신의 삶에 대해 침착해지고, 타인에게는 좀 더 다정해질 수 있다는 것입니다. 이 책을 통해 여러분들과 같이 그 연구를 해보고 싶습니다.

그리고 여러분들과 나누고 싶은 가장 궁극적인 이야기는 언젠가 여러분들이 자신의 언어를 가지면 좋겠다는 바람입니다. 연구를 하면 결과물을 내야 합니다. 세상에 나는 하나밖에 없기 때문에 나 자신을 연구한 결과물 역시 세상에 단 하나밖에 없겠지요. 그것은 자연스레 자신만의 언어로 쓰일 겁니다. 유일함과 고유함을 증명하는 일이죠.

지금 세상이 여러분에게 강요하는 삶의 태도는 분명합니다. 태어나서 죽을 때까지 등수와 순위와 재력이나 권력으로 가치를 결정짓습니다. 계속 경쟁하고 비교하면서 살라고 하는 이런 세상에서, 자신을 지키는 가장 튼튼한 방법은 나의 유일성을 확인하는 것입니다. 만약 여러분이 최고가 되겠다면 앞과 뒤, 위와 아래를 끝없이 확인하는 비교 지옥에 시달릴 겁니다. 그러나 유일하고도 고유한 존재가 된다면 말 그대로 비교 불가의 삶을 살게 됩니다. 1등이 아니라 유일한 삶 말입니다.

자신의 고유성, 유일성을 스스로 확증한다는 것은 얼마나 멋지고 아름다운 일인지 모릅니다. 나를 이해해주는 친구가 없다는 이유로 외로워하지 않을 수 있고, 사람들에게 내 부족함을 들킬까봐 우물쭈물하지 않아도 됩니다. 내가 유일하다면 친구도 유일하겠죠? 그러면 그 사람도 공손히 존중할 수 있습니다. 두려움을 감내할 수 있고 섣불리 휘둘리지도 않습니다. 꿈을 찾지 않아도 어떻게 살아야 하는지 충분히 알 수 있기도 합니다.

누구나 다 정신분석을 받을 수는 없을 겁니다. 그래서 이 책을 씁니다. 보이지는 않겠지만 저는 여러분들과 질문을 주고받고 그 답을 찾는 과정을 예시하고, 여러분들 옆에 묵묵히 서서 함께 고민하겠습니다. 여러분들이 이 책을 다 읽고 난 다음에도 내가 여러분들과 같이 있으면 좋겠습니다.

자, 이제 자신을 알아가는 즐거운 고통 속으로 입장해볼까요?

밝힘: 본문에 나오는 실제 예시들은 모두 본인의 동의를 받아 인용했으며, 개인정보가 정확히 드러나지 않도록 실제 상황과 조금씩 다르게 각색을 거쳤습니다.

나는 꼭 무엇이
되어야 할까요

...

나 자신이 되는 법에 대하여

질문을 의심하자

너의 정체를 밝혀라

'나'로부터 출발하겠습니다. 나는 '누구'입니까가 아니라 나는 '무엇'입니까?라고 물어보겠습니다. 이 질문은 잘못된 질문으로 보이겠지만 정체성에 대한 이야기를 하자면 이렇게 시작할 수밖에 없습니다. 왜냐하면 세상이 정체성에 대해 말할 때 묻는 것은 대부분 이 '무엇'에 대한 이야기이기 때문입니다.

앞으로 여러분들은 나는 '무엇'인가라는 세상의 질문에 끊임없이 답하고 증명해야 할 겁니다. 그것이 얼마나 부조리한 일인지 여러분에게 먼저 고발하려 합니다.

예를 들어 "아빠는 누구야?"라고 물었는데 "음… 아빠는 회사에서는 부장이고 집에 오면 아빠고 엄마한테는 남편이고, 할머니한테는 아들이고…" 뭐 이렇게 답을 한다고 칩시다. 이것은 다 '누구'가 아니라 '무엇'입니다. 직책이고 역할이며 심지어 어떤 기능을 많이 사용하는지를 나타내는 명칭이기도 합니다.

여러분에게도 "○○군은 누구입니까?"라고 물으면 "저는요 lol을 좋아하는 고딩이구요, ××이 남친이고, 뭐 그렇다구요." 이렇게 대답했다고 칩시다. 앞서 아빠도 그렇고 ○○군도 이 사람이 어떤 역할을 맡고 있는지의 정보가 대부분입니다. 어떤 사람인지는 알기 어렵습니다.

이렇게 한 사람의 정체성을 묻는 질문에 부합하지 못하는 대답이 얼마나 많은지 주변 사람들에게 그들의 정체성을 한 번 물어보세요. 정체성이라는 단어는 한 사람의 정체를 알 수 있는 특성이라는 말입니다만, 역할이 드러내는 정체는 사회적 위치와 그것에 부합하는 기능밖에 없습니다. (아빠, 남친 등을 다 포함해서) 일종의 명함일 뿐인 이런 것들이 한 사람의 정체성으로 확정된다면 좀 슬픈 일이죠.

잘못된 질문에는 답하지 않는 게 정답

그러면 정체성에 대한 질문을 바꿔보겠습니다. 여러분은 자신을 어떻게 묘사할 수 있습니까? 나라는 사람의 특성을 전달할 수 있는 모든 형용사나 명사들을 다 생각해봅시다.

'착한? 이건 좀 아닌 것 같고, 띨띨한? 이건 좀 그런 것 같고, 지질한? 이 정도는 아닌데… 예민한? 좀 그렇고… 예쁜? 잘 모르겠네… 운동을 좋아하는? 미용에 관심이 많은? 내신 8등급? 동아리 회장? BTS 짱 좋아. 카리나 덕후? 아, 순자네 떡볶이 급 먹고 싶다, 왜지? 갑자기 수학샘 개짜증….'

생각이 막 막 이렇게 아무 데나 가버려도 좋습니다. 어쨌건 이제 자신을 묘사할 수 있는 형용사나 단어 또는 짧은 구절 등이 여러 개 떠올랐습니다. 그런데 이걸로 충분한가요? 이렇게 묘사한 나 자신이 충분히 잘 표현된 것 같습니까? 그렇지 않을 것 같습니다. 아무리 많은 단어로 나를 묘사해도 결코 채워지지 않는 어떤 부분이 있을 겁니다.

인간은 '무엇'이 아니기 때문에, '무엇'이라는 단어로 결코 포획할 수 있는 존재가 아닙니다. 하지만 이 세상은 자꾸 여러분더러 무엇이 되라고 할 겁니다. 그리고 그것이 되었는지, 그것을 잘 하고 있는지 자꾸 확인받으려 할 겁니다. 가깝게는 수능에서도, 그리고 대학의 서열에서도, 나중에는 정규직 비정규직으로, 연봉으로, 자가와 전세와 월세로, 삶이 서열화될 겁니다. 정말 그 '무엇' 또는 그 '무엇을 가진 사람'으로 살아가는 것입니다.

한 번 더 강조하자면, "당신은 무엇입니까?"라는 질문은 정말 잘못되었습니다. 하지만 세상은 그것을 계속 묻고, 무엇이 되었고 무엇을 가졌는지를 궁금해합니다. 그리고 우리는 이 부조리한 질문을 의심하지 않고, 자신이 '그 무엇'이라는 것을 증명하기 위해 삶을 씁니다.

"나는 무엇입니까?"라고 묻는 세상의 질문에 어떻게 답해야 할까요? 잘못된 질문에 대한 올바른 답은 답하지 않는 겁니다.

2

'무엇'도 '누구'도 아닌
'나'를 생각해보렴

나를 힘겹게 하는 사람

정신분석이라는 작업은 한 인간의 정체성에 대한 고민에 많은 시간과 에너지를 투여합니다. 이 작업을 하면서 정체성은 고정된 것이 아니고, 에너지의 쓰임과 관련이 깊겠구나, 라고 생각하게 되었습니다. 정신분석 또는 상담에서는 내담자가 살아오면서 가장 힘들었던 경험들을 토로할 때가 많습니다. 그런데그 고통의 크기와 깊이는 고통을 준 사람에 대한 내담자의 사랑이나 의존과 정비례했습니다(예기치 못한 사고나 재난, 폭력과 사회적 부조리의 경우는 제외합니다).

여러분들도 지금 자신을 힘겹게 하는 사람들이 누구인지 생각해보세요. 내가 별로 좋아하지 않는 사람은 나의 삶을 흔들 수 없습니다. 부모님의 사랑이 고프고 인정이 간절할수록 그분들의 무시나 무관심, 일방적인 태도가 힘겨울 겁니다. 좋은 친구가 너무 필요한데 따돌림 당한다면 고통스러운 일이 될 겁니다.

멋진 사람이 되고 싶어, 아버지처럼

고등학생 K의 이야기입니다. 부모님이 모두 명문대를 나왔고 좋은 직장을 다닙니다. 아버지는 이른바 자수성가한, 가난한 가정에서 태어나 고학을 하며 공부를 마쳤고 어려운 시험을 통과해 좋은 직장에 다니는 분입니다. 어머니는 그에 비해 부유한 환경에서 큰 어려움 없이 자라며 공부하는 데 많은 지원을 받고 좋은 대학을 들어갔습니다. K도 공부를 잘했지만 1등급은 아니었습니다. 아버지는 K를 이해하지 못했습니다. 공부를 그냥 잘하면 되지 왜 못하냐며, 1등급이 아닌 성적을 도무지 이해하지 못했습니다. 아버지는 자기 방은커녕 자기 책상도 없는 단칸방에 살면서도 장학금을 받고 대학에 입학했는데 '너는 왜 공부를 못하냐'는 겁니다. 어머니 역시 물심양면으로 K의 성적을 위해 모든 지원을 아끼지 않는데 왜 1등급이 아닐 수 있는지 잘 모르겠다며 의아해했습니다. K는 점점 의기소침해졌습니다. 수능 준비를 하는 내내 아버지가 K의 등 뒤에 서서 공부하는 것을 지켜보는 것 같은 중압감에 시달렸습니다. 결국 수능시험을 망치고 K가 가장 먼저 떠올린 것은 절망하고 화내는 아버지의 얼굴이었습니다. 그리고 '나는 아버지의 아들이 될 수 없다'고 생각했습니다.

K는 초등학생 때 아버지처럼 멋진 사람이 되고 싶었습니다. 어려운 환경을 극복한 남자, 그리고 사회적으로 성공해서 사람들이 동경하는 사람, 그런 아버지가 멋지다는 생각을 했습니다. 그런 남자가 되고 싶었습니다. 하지만 아버지는 한 번도 K를 흡족해하지 않았습니다.

K의 정체성은 '아들'이었지만, 수능이 끝난 다음 그것이 되는 데 실패했다고 생각했습니다. 인간의 삶을 실패와 성공으로 판정 내려서는 안 되지만, 이렇게 무엇이 되었는가 아닌가의 기준에서 판단하면 실패와 성공으로 판정할 수 있습니다. (누군가의 삶이 성공이냐 실패냐라고 판단할 권리를 가진 사람은 아무도 없습니다. 신도 그럴 수 없습니다.) 누군가의 무엇으로 살고자

한다면 더더욱 이런 판정이 파괴적 위력을 가집니다. K가 아버지를 덜 동경하고 덜 인정받고 싶었다면 그의 좌절은 덜했을 겁니다.

계속해서 바뀌지만 중심은 있어야지

너무 심각했나요? 조금 덜 무거운 이야기를 해봅시다. 정체성이란 '내가 가장 많이 고민하는 바로 그것'이라고 생각해볼 수도 있습니다(앞서 언급한 K의 경우는 아주 대표적인 이야기입니다). 예를 들어 한 여학생이 교실에 앉아서 공부를 하고 있어도, 독서실에서 모의고사를 준비하고 있어도 머릿속에서는 남자친구 생각만 난다면 이 여학생의 가장 중요한 정체성은 '○○의 여자친구'입니다. 이런 상황에서는 학생이거나 딸이라는 부분은 별로 중요하지 않습니다. 또는 한 남학생이 여자친구도 있고, 공부도 해야 하지만 지금 머릿속에는 농구동아리의 시합이 가장 크게 차지하고 있고 틈만 나면 연습하고 수업시간에도 이미지 트레이닝을 하고 있다면 지금 그 남학생의 가장 큰 정체성은 '농구동아리 회원'입니다. 이렇게 누군가의 무엇으로 살아가는 시간, 열정, 에너지에 비례해서 우리의 정체성은 순간

순간 이동하고 변합니다.

　이것도 정체성을 설명하는 한 방식이지만 여전히 정당하지 않아 보입니다. 끊임없이 이동하는 자신, 상대에 따라 달라지는 다양한 나의 상태, 세상이 요구한다고 믿는 것에 맞추려는 이런저런 모습의 자아 등등, '당신의 무엇'이 되는 방식의 정체성 형성이기 때문입니다. 정체성은 확정된 것이 아닌 것은 맞지만, 가장 중요한 것은 이런 수많은 자아를 통솔하고 조정하고 통합하는 중심이 있어야 한다는 것입니다. 그것이야말로 '무엇'도, '누구'도 아닌 가장 핵심적인 자신이 됩니다. 이것은 정체성과는 상관없는 '나'입니다.

3

우등과 열등으로
우리의 가치가 결정되진 않아

나의 목적과 쓰임새

사르트르라는 실존주의 사상가가 한 말입니다. "실존은 본질에 선행한다." 워낙 유명한 문구인데 쉽게 이해하기 어려운 말입니다. 하지만 근자감 만렙인 나는 쉽게 설명할 수 있습니다. 들어보세요.

가위가 있습니다. 이것은 인간이 발명한 물건이죠. 효과적으로 무언가를 자르기 위해 고안된 것입니다. 가위라는 물건은 이미 '본질'이 먼저 생겼고 그것을 실현시키기 위해 만들어졌습니다. 숟가락도, 옷도, 책상도, 컴퓨터도 모두 어떤 목적을 위해 고안되어 만든 것들입니다. 그 목적과 쓰임새를 그 물체의 본질이라고 생각하면 됩니다. 모든 사물에는 '본질'이 먼저 생겼고 그래야 사물로 충분히 존재할 수 있습니다. 그래서 모든 인간이 만든 사물들은 본질이 물건의 탄생보다 선행합니다.

그러면 인간에게도 어떤 고정된 본질이 있을까요? 즉 내가 태어나기 전부터 부모님이 가위나 책상처럼 어떤 목적과 쓰임새를 계획하고 나를 만들었다면 그것은 다른 사물들과 마찬가지로 나도 본질을 가지겠지요. 그렇다면 나는 인간이 아니라 사물입니다. 영화에 나오는 것처럼 줄기세포를 추출해서 암세포를 치료하고 수명을 연장하기 위해 배양된 복제인간이 가장 좋은 예이겠습니다.

그런데 영화뿐 아니라, 사실 우리의 평범한 삶에서도 어떤 목적과 쓰임새로써 살아가게 되는 경우가 너무 많습니다. 예를 들어 옛날에는(이라고 쓰고 '라때는'이라고 읽습니다) 첫 아이로 딸이 태어나면 '살림 밑천'이라고 하며 어머니를 대신해서 수많은 가사일을 돕고 동생들을 돌보는 무지막지한 역할을 자연스레 맡겼습니다. 큰아들에게는 '집안의 대들보'라 하며 출세해서 집안을 일으켜 세우라는 엄청난 요구를 했습니다. 이런 요구들이 바로 한 인간에게 본질을 부여하는 행위입니다. 심지어 외동이 많은 요즘, 큰아이가 외로울까봐 둘째를 낳겠다는 부모들도 있습니다. 그러면 둘째는 큰아이를 위해 태어나는 본질을 부여받는 것입니다. 바로 앞에서 말한 역할, 직책, 어떤 기능으로 살아가라는 뜻이기도 하죠.

정체성이라는 말 따위에 속지 말자

어떤 인간에게든 어떠한 본질이라도 부여되어서는 안 됩니다. 살림 밑천, 집안의 대들보, 외로움 해결사와 같은 역할이나 그 존재의 필요성이 한 개인의 삶에서 본질이 되어버리는 것은 명백히 부조리합니다. 여/남성이기 때문에 여/남성적으로 살라고 강요받는 것도 한 존재를 본질로 규정하는 것입니다.

본질에 대한 설명이 여러분의 이해를 돕는 데 충분했다면 좋겠습니다. 이제 실존에 대한 이야기를 하겠습니다.

각각의 인간은 사물과 달리 그 존재만의 단독성 즉, 그 누구도 대체할 수 없는 유일성이 있습니다. 똑같은 가위는 수도 없이 많지만 똑같은 인간은 하나도 없지 않습니까. 하지만 이런 설명만으로는 실존에 대해 만족스럽게 이해하기란 어렵지요. 실존이란 하나로 고정된 무엇이 아닙니다. 실존이란 완전히 그리고 충분히 살아있는 존재를 말합니다. 앞에서 말한 역할로 고정된, 목적과 계획에 갇힌 존재가 아니어야 가능한 삶입니다. 이 설명을 실존심리학자 롤로 메이의 말에서 참고해봅시다.

"존재에 직면한다는 것은 신체적인 감각과 정서, 상상, 이상적 삶, 직관, 심리적 상처나 고통 등과 같은 주관적인 내적 경험을 자각하는 데서 시작된다. 이런 지극히 개인적인 영역이 자기 존재의 중심이자 고향이지만 많은 사람이 이 고향을 떠나 살고 있다."

실존이라는 말을 흔히 쓰지만 실존의 의미를 잘 모르는 경우가 많습니다. 왜냐하면 실존은 설명이 가능한 '개념'이 아니라 경험으로 '감각'해야만 하는 영역이기에 실존의 감각이 없으면 의미를 모를 수밖에 없습니다.

나는 여러분들이 앞으로 점점 더 삶의 감각과 내면의 느낌을 차단하고 살아갈까봐 걱정입니다. 밥벌이, 꿈, 진로, 서열, 편리함, 우등과 열등으로 불리는 정체성과 존재의 가치 즉, 부모님이나 세상이 구획지어 놓은 그 '본질'에 매몰된 삶을 살게 될까봐 걱정입니다.

삶이 힘드니까 살아남기 위해 자신을 점점 더 닫는 것이 아니라, 자신을 더 닫으니까 사는 것이 점점 더 힘든 겁니다. 자신에게 필요한 기능과 능력만을 연마한다면 나머지 남은 나의 다른 가능성들은 미라가 될 수도 있습니다.

중요한 것은 이것입니다. 정체성이라는 말 따위에 속지 마세요. "인간으로 살아가는 데 가장 궁극적인 목적은 인간이 되는 것"입니다. 칼 융의 말입니다.

4

'나답지 않은 나'가 되는 과정에서 더 많은 것을 배울 수 있어

지금의 삶이 곧 미래의 삶

10대라면 모름지기 도무지 내가 누군지 알 수 없고, 그래서 어른이 된다는 것이 무섭고 혼란스러워야 합니다. 그것이 자연스러운 상태입니다. 또 곰곰이 생각해보면 나를 안다는 것만으로는 조금 부족한 것도 있습니다. 나의 삶은 무엇을 향해 나아가야 하는지에 대한 의문이 생겼다면 그것은 가장 궁극적인 질문이 될 것 같습니다. 그래서 이 꼭지의 주제를 앞 꼭지의 마지막 문장과 연결하여 '사람이 된다는 것'이라고 정리해봅시다.

지금 10대 중후반을 지나는 여러분들에게 가장 중요한 사람들을 꼽으라면 친구들입니다. 물론 가족도 중요하죠. 그런데 여러분의 심리적 발달에서 가장 중요한 역할을 하는 사람은 친구들입니다. 그다음이 아버지입니다. (어머니 죄송^^;;)

친구 집단은 여러분이 어떤 사람으로 사는 것이 가장 편하고 능숙한지를 알게 해주는 거울 같은 존재입니다. 친구 집단에서 자신이 어떤 위치에 있는지 한번 생각해보세요. 어떤 친구는 리더 역할을 하고, 누구는 오락부장 같고, 또 누군가는 꼼꼼하게 총무 노릇을 합니다. 또 어떤 친구는 있는 듯 없는 듯 조용하고, 또 누구는 '이건 이래서 안 되고 저건 저래서 안 된다'는 평가자이기도 합니다. 나는 어떤가요? 나는 집단에서 주로 어떤 사람으로 기여합니까? 집단에서 드러나는 나는 어떤 사람입니까? 자신이 어떤 사람인지 조금 감각이 생기나요?

에릭 에릭슨이라는(영국의 축구선수 아닙니다) 아주 저명한 정신분석학자는 "10대에는 친구관계를 통해서 자신이 어떤 사람인지를 알아 나가고, 자신의 진로까지도 구체화할 수 있다"라고 말합니다. 이 말은 앞으로 사회에서도 지금과 비슷한 모습으로 살아갈 가능성이 아주 높다는 거죠. 믿기 어렵겠지만 이미 여러분의 성격은 90퍼센트 이상 굳어져 있습니다. 그래서 지금 고등학교 친구들은 30~40년 뒤에도 지금의 성격에서 크게 벗어나 있지 않을 겁니다.

문제는 여기에 있습니다. 요즘 전 국민이 다 해보고 다 아는 MBTI가 가장 좋은 예시입니다. 아마도 전 세계에서 MBTI를 가장 오남용하는 사회가 한국일 겁니다. 성격유형분류 도구를 만든 마이어스(Myers)와 브릭스(Briggs) 모녀도(Myers의 M과 Briggs의 B를 따서 Myers-Briggs Type Indicator가 된 것입니다), 그리고 이 도구의 근본이론인 분석심리학의 창시자 칼 융도 MBTI가 한국민들에게 이런 식으로 쓰이는 것을 보았다면 탄식을 하며 후회할지도 모르겠습니다. 여러분들은 테스트 결과가 INFP나 ESTJ이면 거기에서 설명하는 자기 자신을 보며 자신을 납득하고 '아, 나는 원래 이러니까 이렇게 사는 게 맞는 거야'라고 하겠죠. 친구들이 "너는 애가 그렇게 공감도 못 하냐"고 타박하면 "응, 나 T라서 그래"라고 응수하거나, 자신의 게으름과 소극성을 "나 인프피라서 그래도 돼"라며 자기 핑계로 삼습니다.

나답게, 너답게, 이런 말은 쓰지 말자

하지만 진실은 이렇습니다. 예를 들어 여러분이 INFP라면 앞으로 죽을힘을 다해 ESTJ로 살려고 노력해야 합니다. 그 반대의 경우도 마찬가지입니다. 이 성격유형분류 도구는 내가 어떤 사람인지를 알기 위해 만들었다기보다는, 내가 어떤 사람이 아닌지를 알기 위한 도구입니다. 나의 열등 기능이 무엇인지 알아서 그것을 보완하는 노력을 기울이라는 의미에서 만든 것입니다.

그래서 지금까지 대부분의 사람들이 MBTI를 절반만 사용했고 무엇보다 이것을 오용했습니다. MBTI 결과를 자기 자신으로 결론짓는 것은 삶의 절반만(절반도 안 되게) 살겠다는 것과 다름없습니다. 행여 이것을 자신의 정체성을 이해하는 데 유용하게 사용했다면 정말 위험한 일입니다. 자신을 이렇게 절반으로 가두고 나면 앞으로 살아갈 세상도 절반 속에서만 살게되고 나머지 절반과는 계속 불화하며 살 것입니다.

오락부장이 내 체질인 것 같으면, 앞으로 리더가 되려고 노력해보세요. 꼼꼼한 총무가 가장 능숙한 역할인 것 같으면 오락부장이나 기획자가 되려는 고민을 해보세요. 조용한 역할이 편하다면 앞으로 투덜이가 되세요. 불평도 하고 웃기기도 해보고요.

나답게, 너답게, 이런 말은 나한테도 너한테도 쓰지 않는 편이 좋습니다. '답다'는 말은 일종의 폭력에 가깝습니다. 나답지 않은 나가 되는 과정에서 정말 많은 것을 배우고 결국 더 포용력 있는 자신으로 성장할 겁니다. 가장 큰 소득은 여러분 자신의 존재가 '모든 가능성'이라는 것을 알아가는 것입니다. 인간의 실존은 충분히 완전히 살아있음으로가 아니라 충분히 완전히 살아있으려 '노력함'으로써 완성됩니다. 이 상태가 바로 실존적 삶입니다.

5

콩＋물＝콩나물?
개성은 고유한 무엇이지

뾰족하기보다 오히려 조화로운 통합

개성은 영어로 'Individuality'가 가장 좋은 번역입니다. 한 사람의 어떤 특징적인 면을 표현한다면 캐릭터(Character)로, 성격의 어떤 유형은 'Personality' 정도로 번역합니다. 하지만 그 사람만이 가진 고유함을 총체적으로 표현하기 위해서는 'Individuality'를 쓰는 것이 더 적절합니다.

한 사람의 '개성'을 알고자 할 때 눈여겨봐야 할 것은 그 사람만의 고유함일 겁니다. 그것을 보통 '독특함'이라고도 합니다.

아마 여러분들도 개성이 있는 사람이 되고 싶어 할 것 같습니다. 그런데 대부분 개성에 대해 오해하는 지점이 있습니다. 어떤 특정한 한두 개의 특성이 두드러지면 개성이 강한 사람이라고 생각하는 경향이 있습니다. 하지만 올바른 의미에서의 개성은 오히려 다양한 특성이 가능한 많이 아주 조화롭게 통합되어 있을 때 더 고유하게 드러납니다.

음식을 예로 들어보겠습니다. 하나의 특성만이 두드러지는 음식이라면 개성이 있을까요? 예를 들어 쇠고기를 생으로 썰어냈다고 칩시다. 그걸로는 개성 있다고 말할 수 없지요. 그런데 전혀 상상도 못한 재료를 함께 써서 쇠고기와 조합을 이루고 음식의 향미를 높이는 기발한 소스를 얹어 요리를 완성한다면 이건 정말 개성이 있는 음식이죠.

어떤 요리는 음식 재료만으로 개성을 더하는 것이 아니라 시간을 더할 수도 있습니다. 흔히 숙성(Aging)이라는 방식으로 시간의 조리 과정을 거치는 겁니다. 하몽이라든가, 잘 절인 생선같이 시간의 도움을 조합해서 만든 음식들은 얼마나 개성 있습니까. 게다가 공간을 조합할 수도 있습니다. 예를 들어 캠핑을 하며 야외에서 끓여 먹는 라면은 집에서 먹는 것과 꽤 맛이 다를 겁니다. 거기다 삼겹살과 함께 먹는다고 생각해보세요. 뭐, 더 말 안 해도 개성이란 여러 가지 특성을 조화롭게 통합한 상태라는 설명으로 확 와닿지 않나요?

개성은 곧 나눌 수 없는 상태

그런 면에서 'Individuality'는 개성이 무엇인지를 설명하는데 가장 적절하고 훌륭한 단어입니다. 설명을 들어보세요.

영어 접두사로 In(또는 Im)을 붙이면 뒤에 오는 단어의 뜻이 부정으로 바뀝니다. visible(눈에 보이는)의 앞에 In을 붙이면 Invisible(보이지 않는)이 됩니다. sane(제정신의)의 앞에 In을 붙이면 Insane(미친, 정신 나간)이 되고요. 이렇게 In이 붙으면 뒤에 붙은 단어의 뜻을 반대로 만듭니다. 'Individuality'의 lity는 'Personality'의 lity처럼 어떤 성질 또는 상태를 말합니다.

중간에 남은 단어는 'divide'인데요. 이것은 '나누다'라는 뜻이죠. 'Individe'란 나눌 수 없다는 뜻이 되고, lity까지, 이 세 가지 분할된 뜻을 다 합하면 '나눌 수 없는 상태'로 이해할 수 있습니다. 콩에 물을 주면 콩나물이라는 전혀 새로운 물체가 되죠. 하지만 이제 콩나물은 콩과 물로 분리할 수 없습니다. 이것과 저것이 합쳐져 새로운 물성으로 변화하고 그것을 다시 분리할 수 없는 상태, 그런 것이 한 사람의 내면에서 계속 발생하고 성장해서 다른 사람이 흉내 낼 수 없는 고유한 특성이 되는 것, 그것이 개성입니다.

창의성으로 고민하고 있는 어떤 분과 정신분석 작업을 하다가 이런 생각을 한 적이 있습니다. "인간의 창의성은 그 사람의 경험치를 넘어설 수 없다." 여기서 말하는 경험이란 알바, 여행, 연애 등과 같은 세상이 말하는 '다양한 경험'뿐 아니라 환상, 상상, 좌절, 두려움이나 공포, 밤에 꾸는 꿈, 생각과 고민, 연민과 애정, 겸손과 공격성 등과 같은 감정적이고 정신적인 경험을 포함합니다.

다양한 것들을 조화롭게 통합해서 고유하며 유일한 상태를 만들어내는 것을 개성화 과정이라 했습니다. 개성 넘치는 요리를 만들 때는 음식의 재료뿐 아니라 시간과 공간도 합쳐질 수 있다고도 예를 들었습니다. 창의성은 자신의 경험치 범위에서만 가능하다고도 했습니다. INFP가 노력해서 ESTJ의 삶을 이해할 수 있다면, MBTI가 잡아낼 수 없는 가장 개성적인 사람이 될 겁니다. 그리고 더 중요한 것은 과정을 완성한 사람이 아니라 그 과정을 계속 경험해나가는 사람이 진정 개성 있는 사람이라는 겁니다. 앞에서 말한 실존적인 인간의 삶에 정확히 부합합니다.

사족입니다. 개성의 개그 버전이자 잘못된 예는 이런 겁니다. 가끔씩 제가 가르치는 대학원생들 또는 친구들과 여행을 갈 때가 있습니다. 밤이면 밥을 먹고 술도 한 잔씩 하다가 게임을 하기도 합니다. 그러면 종종 벌칙의 종류를 내가 정하겠다고 우깁니다. 게임을 하다가 걸린 사람에게 내리는 벌칙은 이런 겁니다. 밥(술)상에 남은 상추를 두어 개 집어 디저트로 사온 케이크의 생크림을 잔뜩 올리고 거기에다가 마늘 두어 쪽을 파묻고 쌈장을 듬뿍 떠서 토핑을 해 쌈을 쌉니다. 그리고 술래에게 먹입니다. 또는 찹쌀떡 안에 구운 삼겹살을 앙꼬로 잔뜩 넣고 싱거울까봐 초장에 푹 찍어서 먹입니다.

어떻습니까, 잘못된 개성의 모범 사례라고 할 만하지 않습니까. 왜 이건 잘못된 개성일까요? 답은 간단합니다. 즐길 수 없기 때문입니다. 조화롭지 않기 때문입니다. 그런데 게임에서 사용하면 재미있는 개성적 벌칙입니다. 잘못된 개성도 상황에 맞게 잘 사용하면 좋은 조합이 됩니다.

6

아버지는 우리가 잊고 있는
소중한 스승이야

성장을 위한 모델링

앞에서 잠깐, 여러분들의 삶의 시간에서 가장 중요한 사람이 친구들이고, 그다음이 아버지라고 했죠. 이제 그 이유를 설명해야 하겠습니다.

여러분들은 지금 '사회적 신생아'입니다. 잘 되어봤자 겨우 두세 살 정도입니다. 왜 그런가 하면, 우리 남자 친구들 몽정을 언제 했나요? 대체로 중학교 1~2학년 무렵이죠. 여자 친구들은 첫 생리를 언제 했죠? 역시 중학교 때일 겁니다(좀 빠르면 초등학교 고학년 때 하기도 하죠). 이 말은 여러분들이 이제 하나의 생물체로서 2세를 출산할 수 있는 성체(成體)가 되었다는 뜻입니다. 어머니 뱃속에서 나와 어머니의 젖을 먹고, 좀더 크면 밥도 먹고 삼겹살도 먹고 떡볶이도 먹고 이러면서 12~13년 정도 몸을 성장시켜 몸이 완성되었다는 뜻입니다. '민쯩'은 아직 안 나왔지만 어쨌건 몽정과 생리는 내 몸이 이제 성인 몸의 기능을 완전히 수행할 수 있게 되었다는 증명입니다.

성인 육체의 기능을 완전히 갖추게 되었으니 이제부터는 사회적인 인간으로 성장해야 하는 시작점입니다. 그래서 나는 이 시기를 사회적 신생아라고 칭합니다. 이 시기의 사회성 학습, 정서와 감정의 통제 및 활용, 그리고 심리적인 발달을 위해 '모델링'은 아주 큰 도움이 됩니다. 그런 모델을 우리가 흔히 '멘토'라고 부르죠. 멘토는 그리스 신화에 등장하는 실재 인물인데, 오디세우스 왕이 트로이 전쟁을 나가며 자신을 대신해서 사회적 양육을 도와달라고 부탁한 친구의 이름입니다. 이 말은 아버지가 옆에 있다면 '멘토'한테 배움을 부탁할 이유가 없으며, 아버지가 자녀의 사회적 성숙을 돕는 조력자여야 한다는 말입니다.

길고 긴 인류의 역사에서 불과 100년 전까지만 해도 우리의 스승은 아버지였습니다. 한반도에 거주하는 인구의 80퍼센트가 농민이었고, 신분은 세습되었기에 농사기술을 전수해줄 사람은 바로 아버지였습니다. 살아가는 데 필요한 거의 모든 것은 아버지에게서 배웠습니다. 딸은 어머니가 스승이었습니다.

하지만 근대학교가 생기면서부터 부모님은 스승의 자리를 박탈당했습니다. 이제는 그 누구도 아버지나 어머니에게서 무언가를 배우려 하지 않습니다. 아예 무언가를 배울 수 있다는 생각조차 하지 않습니다.

여러분들이 살아가면서 정말 필요한 것들은 학교에서는 가르쳐주지 않습니다. 예를 들어 어른이 되면 관계를 맺고 잘 유지하기 위해 소소하지만 중요한 사회적 기술이나 예절이 필요합니다. 이것을 모르면 모를수록 찐따 같아 보입니다. 상대에게 신뢰감을 주는 악수법이나 명함을 받으면 어떻게 처리하는 것이 상대에 대한 예의인지, 고급 식당에 가면 알아야 할 에티켓과 이벤트에 맞게 넥타이 매는 법 등은 아무도 가르쳐주지 않습니다(그래서 요즘은 너튜브가 인류의 스승이 되었지만, 여전히 아버지는 가장 좋은 스승입니다).

아버지가 아니어도 괜찮아

아버지를 따라다니세요. 아버지가 싫다고 해도 따라다니세요.

아버지가 세상에서 배운 모든 것을 가르쳐달라고 떼를 쓰세요. 인간관계에서, 사회생활을 위해 아버지가 가르쳐주고 싶은 것을 하나하나 목록으로 만들어보라고 당당하게 요구하세요. 누구나 할 법한 뻔한 소리 말고, 정말 실질적인 것, 인간의 본모습, 추악한 면을 알아보는 법, 그것에 대처하는 법, 그럼에도 인간을 사랑하고 나의 존엄을 지킬 수 있는 법도 알려달라고 하세요. 또는 여러분들이 궁금한 것들을 하나하나 적어서 아버지에게 물어보고 가르쳐달라고 해보세요.

아버지를 긴장하게 하세요. 아버지에게 스승이 되라고 요구해서, 스승으로 만드세요. 그리고 아버지의 대답이 맞는지 틀리는지 세상을 살면서 확인해보세요. 분명 아버지가 틀린 것도 맞는 것도 있을 겁니다. 그리고 나중에는 아버지보다 더 훌륭한 사람이 되어서 아버지를 극복하세요. 그다음에는 나의 부족한 스승인 아버지를 사랑하면 됩니다.

혹시 어떤 이유로 아버지를 '사용'하기 어렵다면, 또는 '사용'할 아버지가 없다면 어머니, 할아버지에게 요구해도 됩니다. 또는 친구 아버지라도 따라다니세요. 아니면 아버지를 대신할 존재를 찾으세요. 교회나 성당에서도 좋고 학원이나 동네에서도 좋습니다. 친아버지처럼 손 붙잡고 가르쳐주지는 않더라도 먼발치에서나마 보고 배울 수 있는 어른을 찾아보세요. 그 사람이 좋은 사람이면 좋은 점을 배우고, 나쁜 사람이면 '저렇게 는 살지 말아야겠다'고 다짐하면 됩니다. 영화나 드라마, 소설 이나 작품 속의 아버지여도 좋습니다. 반드시 살아있는 아버지 가 아니어도 됩니다.

내가 아는 한 목사님은 인품이 아주 온화하고 자상한 아버 지 같은 분입니다. 하지만 그 목사님은 아버지가 다섯 살 때 돌 아가셨답니다. 그런데 중학교 때 한 선생님이 좋은 아버지의 모델이 되어주셔서 아버지 상에 대해 부족함이 없다고 하셨습 니다. 그러니 '아버지'란 매일 만나는 친부가 아니어도 괜찮습 니다.

좋은 스승이 우리 인생에 미치는 영향

여러분들은 범죄심리학자인 프로파일러에 대해 들어봤을 겁 니다. 이 직업은 원래 미국의 연방수사국(FBI)이 연쇄살인범 을 연구하기 위해 만들었습니다. 프로파일러들은 연쇄살인범 의 가족과 친척, 친구들, 교사들을 심층 인터뷰해서 연쇄살인 범들이 가진 특성과 공통점들을 파악하는 연구를 했습니다. 또 다른 연쇄살인사건이 생기면 그 범인의 특정성과 공통성을 대비하면서 범인 검거율을 높이기 위한 사전자료연구(Profiling)를 한 거죠.

이 연구에서 밝혀진 가장 중요한 사실은 50명이 넘는 연쇄살인범들의 사회적·경제적·인종적 공통점을 거의 발견하지 못했다고 합니다. 다만 가장 두드러지는 단 하나의 공통점은 이들이 유년기나 초등학교 시기보다는, 청소년기에 아버지로 인해 받은 정신적·신체적 학대나 충격이 클수록 범죄에 빠질 가능성이 높다는 것이었습니다.

반드시 짚고 넘어가야 할 것은 아버지로부터 학대나 폭력을 당했다고 해서 다 범죄자가 된다는 뜻은 결코 아닙니다. 다만 연쇄살인범들에게는 대부분 이런 경험이 있었다는 것입니다. 이 얘기는 청소년기에 아버지와 맺은 관계의 내용에 따라 어떤 성인으로 성장하게 되는지, 영향을 크게 받는다는 증거입니다.

그래서 여러분이 자신을 위해 아버지를 좋은 아버지로 만들어야 한다는, 조금은 억지스러운 제안을 하는 것입니다. 하지만 꼭 필요한 일입니다. 시간이 많이 흘러 나중에 지금을 돌이켜 보았을 때 아버지와 함께한 교류의 기억이 많을수록 여러분은 좋은 어른이 되어있을 가능성이 높습니다.

여러분과 아버지는 협력자입니다. 만약 여러분의 아버지가 좋은 협력자가 아니라면 나중에 여러분이 부모가 되었을 때 자녀에게 가장 좋은 협력자가 되어야 합니다. 우리에게는 스승이 필요하기 때문이고, 내가 내 아이의 좋은 스승이 되기 위함입니다. 그래서 계속 아버지와 자녀는 협력자가 되어야 합니다.

근데 왜 자꾸 아버지를 강조하냐고요? 어머니는 안 되냐고요? 어머니는 우리를 육체적 성체로 키우는 데 온 힘을 썼고 이제는 쉬게 해드려야죠. 만약 아버지가 어떤 이유로 안 계신다면 어머니도 물론 훌륭한 아버지가 될 수 있습니다. 여성에게도 충분히 훌륭한 남성성이 있기 때문입니다. 하지만 어머니가 아버지 역할까지 한다면 너무 힘드실 겁니다. 매일 '전쟁터(직장)'에 나간다고 핑계 대고 늦게 오는 아버지들을 내 곁에 붙들어두고 내가 필요할 때마다 가르쳐달라고 하는 편이 훨씬 좋을 겁니다.

한 사람의 개성화 과정은 좋은 스승의 도움 없이는 불가능합니다. 그 스승도 여러분이 발견하고 만들어가는 겁니다.

7

'자신을 사랑하라'는 말에 대한
치명적인 오해

참 좋은 사람이라는 착각

우리는 모두 중요한 존재들이지만, 한 번이나 두 번 또는 서너 번, 혹은 그 이상 인생의 과정에서 상처받을 수 있습니다. 하지만 그것이 어떤 상처이건 여러분들의 존재를 훼손하지는 못합니다. 살면서 받게 될 상처는 삶의 역사이고 흔적이지, 존재를 망가트리는 핵폭탄이 되지는 못합니다. 그런데 우리는 자기 자신을 너무 지나치게 소중하게 생각한 나머지, 자신이 상처 받을 것 같은 일에는 얼씬도 하지 않으려 할 때가 있습니다.

많은 사람들이 "자신을 소중하게 여겨라", "너는 세상에서 가장 소중한 존재야", "너 자신을 먼저 사랑해"라는 말을 합니다. 하지만 많은 문제는 오히려 자신을 너무 과도하게 사랑한 탓에 발생하기도 합니다.

여러분들 중에서도 타인을 너무 배려하고, 심지어 다른 사람들의 눈치를 보느라 관계 맺는 것을 힘겨워하는 사람들도 있을 겁니다. 누군가의 부탁을 거절 못해 전전긍긍하고, 사람들에게 실수할까봐, 손절 당할까봐 겁내는 경우도 있을 겁니다. 이럴 때 흔히 듣는 말이 앞서 예를 든 '너 자신 가장 소중'류의 충고일 겁니다. 자신이 그 누구보다 소중하니까 남들을 너무 배려하거나 눈치 보지 말고 당당하게 자신이 원하는 것을 하라고 합니다. 일견 맞는 말이기도 하지만, 사실 절반은 틀린 말입니다.

타인을 (과도하게) 배려하고 실수하지 않으려 신경을 곤두세우고 다른 사람의 감정을 먼저 살피는 일은 사실 궁극적으로 자기 자신에게 이득이 되기 때문입니다. 좋은 사람으로 보이고자 하는 욕구가 너무 강하기 때문이죠. 타인을 위해 많이 희생하고 참아주는 사람도 결국은 '넌 참 좋은 사람이야'라는 주변의 칭찬을 듣거나 또는 최소한 '이기적인 사람'으로 평가되는 두려움을 피하려는 목적을 갖고 있습니다. 자신이 그럴듯한 사람이 된 것 같은 자기만족을 위해 이런 소모적인 행동을 합니다.

또는 그렇게 자신을 좋은 사람으로 포장해서 자기의 단점이 드러나지 않도록 하려는 경우도 많습니다. 즉, 이런 모든 희생적이며 타인을 먼저 생각하는 듯 보이는 행동들도 결국은 자기 자신을 너무 소중히 여기는 데서 비롯된다는 뜻입니다. 여러분이 너무 주변 사람들의 눈치를 보고 있다면 자신을 과보호하기 때문에 그런 것은 아닐까, 한 번 곰곰이 생각해보기 바랍니다.

상담 현장에서 어떤 상담선생님들은 내담자에게 자기 칭찬 일기를 써보라고 권하기도 합니다. 특히 자기 비난에 능숙한 내담자들에게 말입니다. 자기 비난이란 이런 상황들이죠. 조그만 잘못에도 자신을 과도하게 비하하고, 성적이 나쁘거나 어떤 일의 결과가 나쁘면 세상 죄인으로 자신을 몰아갑니다. 노력하지 않는 자신이 정신을 차릴 수 있도록 가까운 친구나 가족에게 자신을 꾸준히 혼내달라고 요청하기도 합니다. 어떤 잘못에 대해 과도하게 책임감을 느끼고 심지어 죄책감 때문에 괴로워하기도 하죠.

이런 사람들에게 매일 자기 칭찬 일기를 써보라고 권하는 겁니다. 사소한 것이라도 자신 스스로에게 칭찬하고 싶은 것을 찾아서 글로 적는 것이죠. 이것이 조금은 효과가 있을 겁니다.

혹시 여러분도 자기 비난이 너무 심하다면 한 번 해보셔도 좋을 것 같습니다. 하지만 근본적인 문제를 해결하지 않으면 이런 방식은 옛날 속담처럼 '언 발에 오줌 누기'입니다.

자기 비난이 심하다는 것은 정신분석 용어로 자기 검열이 너무 가혹하다는 뜻입니다. 검열이라 함은 모든 행동, 생각 등을 일일이 검토하고 평가하는 것이죠. 만약 어머니나 아버지가 여러분 곁에 딱 붙어서 여러분의 손짓 표정 행동이나 말투, 공부하는 자세까지 일일이 간섭하고 잔소리하고 이래라저래라 한다면 미칠 노릇이겠죠. 이것이 외부 검열입니다. 자기 검열은 이런 가혹한 평가와 처벌을 스스로 자기 내면에서 하는 것입니다.

"너 잘되라고 하는 말"은 사실이 아냐

그런데 이런 자기 검열을 왜 할까요? 앞서 예를 든 부모님의 잔소리를 생각해봅시다. 부모님에게, "왜 이렇게 잔소리가 심해요?"라고 물으면 "다 너 잘되라고 하는 소리다"라고 하시죠. 그러니 자기 검열도 다 자기 잘되라고 하는 일이겠죠. 자기를 검토하고 평가하고 잘못된 점을 자꾸 찾아서 더 잘하라고 채근하는 목적은 결국 나 잘되라고 하는 일입니다. 좋게 말해 더 나은 인간이 되고 싶다는 뜻이겠죠. 이렇게까지 가혹한 방법을 써서 우리는 자신에게 너무 큰 기대를 하고 더 나은 인간이 되고 싶어 합니다. 실은 자기 자신이 너무 소중해서 자신을 아주 멋진 사람으로 만들고 싶은 것입니다.

그래서 자신을 사랑하고 먼저 돌보라는 말은 앞서 말했듯, 반은 맞고 반은 틀린 말입니다. 이렇듯 가혹하게 자신을 검열하고 채찍질 하는 이유도 자신을 너무 사랑하기 때문입니다. 다만 사랑하는 방법을 제대로 알지 못하는 거죠. 어린아이를 과보호하면 그 아이는 어른으로 성장할 기회를 놓칩니다. 자신도 잘못된 사랑으로 과보호하면 삶이 왜소해집니다.

타인을 과도하게 신경쓰고 자신을 비난하는 행동은 다른 사람들의 인정을 통해 자신이 그럴듯한 사람이라는 것을 보여주려는 목적을 가집니다. 그렇게 타인의 요구를 충족시키는 방식으로 칭찬을 받거나 비난을 벗어남으로써 자신을 과보호하고 있다는 것을 알아야 합니다. 이렇게 이미 과도한 사랑을 주고 있는 자신에게 "너 자신을 사랑하라"는 충고는 더없는 뻘짓입니다.

다시 말하지만 건강한 이기심, 진정으로 영리한 이기주의자는 이런 과도한 자기 보호로 힘을 빼지 않습니다. 여러분들도 혹시 타인에게 잘 보이기 위해, 좋은 평가를 받기 위해 자신을 희생하는 이런 소모적인 자기 과보호를 하고 있는 것은 아닌지 한 번쯤 곰곰이 생각해보세요. 이것이 자기 칭찬 일기를 쓰는 것보다 훨씬 효과적으로 자신을 건강하게 사랑하는 방법입니다.

8

하루 10분, 아무도 없는 공간에서 너의 몸과 마음을 만나렴

'나'에 대해 어디까지 알고 있어?

지금 여러분들이 사는 세상이, 그 세상을 만든 어른들이 요구하는 것들 중에는 잘못된 것들이 참 많습니다. 또 어떤 것들은 완전히 잘못되었다기보다는 너무 한 면만 강조함으로써 여러분들의 관점을 협소하게 만들어버리는 것들도 있습니다.

그 중에 가장 대표적인 것이 바로 "너 자신이 되라"는 말입니다. 그것은 허구에 가깝습니다. "너 자신을 찾으라"는 말도 허황한 요구입니다. 그런 말 하는 사람들 중 그 누구도 자신이 되었거나, 찾은 사람은 없을 겁니다. '자신이 된다는 것'이 어떤 것인지 잘 아는 사람은 그런 말을 할 리가 없기 때문입니다.

확정된 정답은 아니나 충분히 참고가 될 얘기를 하자면, 자신을 찾거나 되거나 하는 것은 거의 불가능한 것 같습니다. 다만 자신과 '접촉'하는 것으로 충분한 것 같습니다. 자신의 상태를 정확하게 만나는 순간들이라고 표현할 수도 있겠습니다. 그 순간이 많으면 많을수록 좋겠지요.

예를 들어볼게요. 고등학교 2학년 여학생인 C는 주변 사람들이 자신을 싫어한다는 고민을 털어놓았습니다. 사람들이 자신을 싫어하는 이유는 자신이 너무 눈물이 많아서라는 겁니다. 실제로 C는 눈물이 많았습니다. 이야기를 하다가 곧잘 울먹이고 눈물을 흘렸습니다. 이야기의 맥락이 울어야 할 상황이 아닌데도 눈물을 흘리고 울먹이느라 말을 잘 잇지 못했습니다. 나는 C와 여러 차례 이야기를 나누었는데, 듣다보니 C는 화가 나는 마음에 대해 잘 인식하지 못하는 것 같았습니다. C가 울먹이거나 눈물을 흘릴 때 하는 이야기를 곰곰이 들어보면 화가 날 법한 상황이 여러 번 있었습니다. 그런데도 C는 자신이 화가 났다는 사실을 인지하지 못했습니다.

이런 상황에 대한 이야기를 여러 번 주고받다가 결국 C는 자신에게 '화'라는 감정이 많다는 것과 자신이 화를 표현하는 것을 상상조차 못한다는 걸 자각하게 되었습니다. 그 이유를 탐색해보니 어릴 때부터 C는 엄격한 부모님이 너무 무서워서 자신이 원하는 것, 표현하고 싶은 것을 제대로 드러내본 적이 별로 없었던 것입니다. 특히 부모님에게 또는 부모님 앞에서 화를 낸다는 것은 꿈도 꾸지 못했다고 했습니다. 그나마 우는 것은 안전하게 감정을 표현하는 방법이라고 생각해서 화가 나거나 마음에 불편함이 가득할 때마다 울먹이며 눈물을 흘렸다는 것도 자각하게 되었습니다. 보이는 현상은 눈물을 흘리며 슬퍼하는 것이지만, 실제 마음의 상태는 화가 나 있는 것이죠.

이런 경우를 종종 봅니다. 어떤 친구는 겉으로는 화를 내는데 실제 마음의 상태는 불안했습니다. 또 어떤 친구는 사람들을 대할 때 짐짓 쾌활한 척했지만 사실은 마음의 슬픔을 감추기 위한 자신만의 방법이었습니다.

단 10분만이라도 몸과 마음 들여다보기

여러분들도 자신의 행동이 반드시 감정과 일치하지 않을 수 있다는 것을 염두에 두어보세요. 그리고 속마음의 상태가 겉으로 드러나는 행위와 다르다면 그 상태를 좀더 들여다보고 차분히 느껴본 다음, 이 감정은 왜 발생했는지 원인을 따져보면 좋겠습니다. 이런 과정이 바로 자신과 접촉하는 것입니다.

자신과 접촉하는 시간이 많을수록, 자기 자신이 되거나 자신을 제대로 사랑하는 사람이 될 가능성이 아주 아주 높습니다. 하지만 우리는 항상 자신과 접촉할 수는 없습니다. 만나야 할 사람들, 처리해야 할 과제와 해야 할 공부들이 많으니까요. 그래서 정해진 어느 시간, 예를 들어 잠들기 전 침대에 누워서나, 또는 자신만의 시간을 정해서 자신의 몸과 마음을 느껴보는 겁니다.

누구에게도 방해 받지 않을 공간에서, 10분 정도만 자신을 만나는 시간을 가져봅시다. 스마트폰은 눈에 띄지 않는 곳에 멀리 두고, 잠시 심호흡을 합니다. 대여섯 번 정도 천천히 호흡에 집중하면서 마음의 긴장을 풀어냅니다. 그리고 자신의 몸과 마음을 가만히 들여다봅니다. 아무 생각이 떠올라도 괜찮습니다. 그저 내 마음이 어떤 상태인지 가만히 보고 듣고 느껴봅시다. 이때 가장 중요한 것은 두려워하지 않는 겁니다. 혹시 내 마음 저쪽 어두운 곳에서 뭔가 감당 못할 것이 불쑥 올라올까 봐 무서울 수도 있습니다. 그렇다고 서둘러 이 과정을 멈추지는 않으면 좋겠습니다. 바로 그 두려움이 '월척'이기 때문입니다. 즉, 두려움이라는 감정을 만난 겁니다. 불쑥 올라올 것 같은 그것이 무엇인가요, 무엇이 올라오면 그 두려움이 사실이 되는 걸까요? 아닙니다. 내 두려움의 실체를 상세히 만날 수 있는 단서가 잡힌 겁니다. 그리고 두려움을 무릅쓰고 그 두려움의 항목들, 결과들을 하나하나 검토해봅시다. 그러면 어느새 그 두려움은 힘을 쓰지 못하는 허상이 되어있을 겁니다.

혹은 여러 번 이렇게 집중해보아도 아무것도 못 느끼면 조바심이 날 수도 있습니다. 그러면 조바심을 가만히 들여다봅시다. 내가 평소에도 이렇게 뭔가를 제대로 못할까봐 조바심을 내는 것은 아닐까⋯ 하면서요. '내가 가장 조바심을 내는 상황은 언제인가', '왜 그런가', '그 일이 안 되면 정말 인생 쫑나나⋯?'와 같은 질문들도 해봅시다.

이 과정이 모두 자신과 접촉하는 경험입니다. 정신분석에서 하는 작업의 많은 부분이 바로 이런 접촉의 경험입니다. 여러분이 자신과의 '접촉'에 익숙해지고 그 경험이 점점 쌓이면 멀지 않아 여러분은 아주 편안한 사람, 단정하고 침착한 어른이 되어갈 겁니다.

어떠세요, 이 책을 통해 나 자신을 탐구한다는 일이 어떻게 느껴졌을지 궁금하네요. 1장에서 이야기한 내용은 모두 잘 숙지하셨나요? 여러분들의 답이 "네, 모두 잘 알겠어요!"가 아니기를 바랍니다. 이 글이 어려워서가 아니라 자신을 연구하는 일이 쉽지만은 않기 때문입니다. "대부분 잘 모르겠는데 그저 한두 꼭지는 제 기억에 남아요"라고 한다면 충분한 것 같습니다. 그것으로 여러분 자신을 연구하는 출발지점으로 삼으면 안성맞춤이겠습니다.

자, 계속 가볼까요. 이제 좀더 재미있는 이야기들이 시작됩니다.

LESSON 2

꿈이 뭐냐고
물으면
왜 화가 날까요

...

꿈을 찾는 법에 대하여

9

질문이 싫은 건
공부라는 결말 때문이지

엄마, 아빠의 꿈은 무엇인가요

"넌 꿈이 뭐니?" 아마 여러분들은 꽤 여러 번 이런 질문을 받았을 겁니다. 이 질문에 대한 반전 대답은 "당신 꿈이나 잘 챙기세요!"라고 쏘아붙여주는 겁니다. 물론 10대의 패기(라 쓰고 똘기라 읽는다)를 풀(full)로 장착한 채, 최대한 차갑게 툭 내뱉어줍니다. 문장의 주어는 상황에 맞게 바꾸면 되겠죠. "엄마/아빠/삼촌/이모/선생님 꿈이나 잘 챙기세요!" 이런 드립을 날리면 싸움이 날 수도 있겠지만 어쩌면 여러분의 기에 질려 쓰윽

사라질 수도 있습니다.

　만약 여러분이 이 정도까지 '싸가지'가 없는 사람이 아니라면, 다른 대답도 있습니다. 바로 질문한 어른의 꿈을 묻는 것입니다. "그러게요, 엄마/아빠/삼촌/이모/선생님의 꿈은 뭐예요? 참고하고 싶어요"라고 물으면 상대는 어버버하다가 물러갈 수도 있습니다. 가장 무서운 대답은 "내 꿈은 너야!"라는 부모님의 반격이겠지만요. 행여라도 부모님에게서 그런 대답이 돌아오더라도 절대 당황하지 말고 왼손 검지를 세워서 가볍게 살짝 흔들며 "Nop"이라고 대답한 후 (개)무시하면 됩니다.

　만약 여러분이 공부를 좀 잘한다면 "난 꿈이 없어, 그래서 공부만 하는 거야. 꿈이 없으면 공부라도 해야지 뭐!"라고 대답하면 정말 꿈을 묻는 어른들을 '아닥'하게 만들 정도로 시크해 보일 겁니다.

　부모님, 학교 선생님, 학원 선생님들의 눈에 여러분들이 공부를 열심히 안 하거나 지난주에 수업을 빠졌거나 숙제를 소홀히 하거나 게임에 몰두하거나 유튜브를 너무 좀 열심히 보고 있었다면, 잔소리 끝에 "너는 꿈도 없니?"라는 관심인지 비난인지 모를 질문을 받아보았을 겁니다. 이럴 때는 위에서 말한 대답들 중 어느 것도 효과적이지 않을 것 같습니다. 이럴 때는 정말로 꿈을 묻는 것이 아니기 때문입니다.

내가 이야기하는 것은 어른들이 여러분의 꿈에 대해 작정하고 달려드는 경우, 특히 부모님이 진지하게 물을 때를 말하는 것입니다. 이럴 때는 쉽게 말려들면 안 됩니다. 자칫 여러분이 말한 그 꿈에 여러분이 갇혀버리는 경우가 생길 수 있습니다.

대한민국 부모에게는 특별한 능력이 하나 있습니다. 여러분들이 어떤 꿈을 말하건 그것을 모두 공부로 연결시키는 기괴한 능력입니다. 그들의 논리는 한결같이 기-승-전-공부로 귀결됩니다.

예를 들면 이렇습니다. 꿈을 묻는 질문에 여러분은 '어떻게 하면 공부와 거리가 먼 일을 찾아낼까' 고민해볼 수 있겠습니다. 무엇보다 대학을 안 가겠다고 하면 공부할 필요가 없을 테니, 대학을 안 가도 할 수 있는 꿈을 찾아보겠죠. 그래서 "나는 여행가가 될래요"라는 답을 찾았다고 칩시다. 그래봤자 소용없습니다. 부모는 1초 정도 머리를 굴린 다음 이렇게 대답합니다. "와, 정말 멋진 꿈이네, 근데 여행가가 되려면 세계 각국을 돌아다녀야 할 테니 외국어를 잘해야겠네, 특히 영어는 만국공통어니까, 지금부터 영어공부를 열심히 해야겠다." … shit!

내가 보기에 공부로 연결시켜 내기에 어려운 직업들이 한두 개 있는데 그 중 하나는 '프로게이머'입니다. 유튜버가 되겠다고 해도 "좋은 콘텐츠를 만들려면 공부를 해야 한다"는 결론을

넬 수도 있습니다. '연예인'도 요즘은 고학력에 외국어 한두 개를 유창하게 해야 더 있어 보이니까, 역시 공부를 해야 한다고 하겠지요.

이렇게 어른들은 무슨 '꿈 강박증자'처럼 여러분의 꿈에 집착합니다. 왜 그럴까요?

어떤 꿈이건 공부와 연결시켜 책상 앞으로 내모는 어른들의 교묘함을 피하기 위해 어른들의 꿈을 되묻는 것은 사실 어지간히 넉살이 좋지 않고는 쉽지 않은 일입니다. 하지만 이 질문을 받을 때 혼자 마음속으로나마 앞서 열거한 답을 하는 자신을 떠올리면 좀 덜 답답할 수도 있을 것 같습니다.

그런데 꿈을 자꾸 묻는 이 사회, 어른들을 보면서 우리가 생각해봐야 할 것이 있습니다. 왜 어른들은 여러분들에게 자꾸 꿈이 뭐냐고 묻는 걸까요? 뿐만 아니라 "지금 자면 꿈을 꾸지만 지금 공부하면 꿈을 이룬다"라거나, "네 꿈을 찾아 높게 날아봐~ 너를 응원할게" 등과 같은 대책 없는 협박을 해댑니다. 왜 그럴까요?

꿈을 묻는 이유는 꿈이 없는 세상이라서

답은 간단합니다. 그것은 어른들 자신에게 꿈이 없기 때문입니다. 중년을 지난 부모 또래의 사람들에게 꿈이 뭐냐고 물어보면 "이 나이에 꿈은 무슨… 그냥 사는 거지!"라거나, "나도 한때 꿈이 있었지. 근데 지금은 먹고사느라 바빠". 또는 "꿈? … 글쎄 퇴직하고 여행 다니고 어디 시골 가서 한적하게 텃밭을 가꾸며 살고 싶지!" 정도일 겁니다. 물론 가장 끔찍한 경우는 앞에서 말한 바와 같이 "내 꿈은 너야!"라고 하는 부모겠지요.

어떤 관계에서, 어떤 사회에서 어떤 특정한 말이 너무 많이 강조된다면 정작 거기에 그것은 없다는 뜻입니다. 없기 때문에 찾는 거죠. 예를 들면 '소통'을 그렇게 강조하는 정치인들이야말로 가장 소통하지 못하는 사람들이죠. 맨날 싸우는 부부도 소통을 강조합니다. 또는 사랑이나 믿음, 공감과 같은 말을 너무 자주 강조한다면 그 사람의 삶에 아주 희박한 것들이기 때문입니다. 그들에게 그것이 있다면 찾지 않겠지요.

좀 섬찟한 사실을 이야기하자면, 꿈을 묻는 어른들은 여러분에게 진정한 관심이 있어서가 아니라 자신에게 없는 것을 여러분들을 통해 대리만족하려는 겁니다. 무엇보다 부모님들은 여러분들의 꿈이 확고해야 자신들이 덜 불안하거든요. 여러분들의 꿈이 드높고 굳세면 그만큼 공부를 열심히 하리라, 자기 인생에 대해 저렇게 야무지니 뭐라도 되겠지, 그러면 내 노후를 불안하게 하지는 않겠지, 이렇게 안심이 될 겁니다. 눈치 빠른 친구들이었다면 부모님의 의중을 이미 알고 있었을 것 같습니다. 그러니 꿈을 묻는 어른들의 마음에 정답을 주기 위해 너무 애쓰지 않아도 됩니다.

게다가 여러분들은 어차피 최선을 다해 열심히 공부를 하지 않을 것이기 때문에, 아예 여러분의 '꿈'으로 부모님에게 환상을 주지 않는 편이 좋겠습니다.

이제 '꿈'에 대해서 또 하나 중요한 이야기를 해야겠습니다. '꿈'을 묻는 어른들에게는 자신들도 인지하지 못하는 교활한 의도가 하나 있습니다. 만약 누군가 꿈을 물어 "저는 의사가 되고 싶어요"라고 대답했다면 여러분은 그 어른들이 원하는 대답의 절반만 이야기한 셈이 됩니다. 그들이 원하는 답은 "저는 의사가 되어서 돈 없고 가난한 사람들을 돕고 싶어요"라고 해야 꿈의 반열에 오를 만한 꿈이 됩니다. 그들이 묻는 꿈은 단순히 직업이 아니기 때문이죠. 어떤 직업을 가지는 것은 당연하고, 그 직업을 통해 어떻게 자아를 실현하고 사회에 보탬이 될 것인가, 그 직업을 통해 얼마나 의미 있는 삶을 계획하고 있는가 등을 이야기해줘야 그들은 만족할 겁니다.

꿈은 잘 때 꾸자

전문적인 용어를 써서 조금 더 이야기해보겠습니다. 직업에 대한 만족도가 아주 높으려면 세 가지 조건을 충족해야 합니다. 내적 만족, 외부 보상, 사회적 공인입니다. 앞에서 예를 든 의사의 경우는 이 세 가지 조건을 충족하기에 아주 좋은 직업입니다. 여러분 중 누군가가, "저는 노인들을 주로 치료하는 의사가 되고 싶어요. 할아버지 돌아가실 때 힘겨워하시는 것을 보면서 노인 전문 의사가 되겠다고 결심했어요"라고 했다고 합시다. 노인을 치료함으로써 할아버지의 죽음에 대한 심리적 보상을 얻을 수 있습니다. 또 의사로서 병든 사람을 치료해나가는 기쁨은 내적 만족입니다. 외적 만족은 의사로서 받게 될 높은 연봉과 직업적 권위 등입니다. 사회적 공인은 좋은 일을 하는 사람이라는 인식, 사람을 살리는 직업인이라는 사회적 신뢰 등입니다. 게다가 할아버지의 죽음이라는 개인적인 경험을 사회적으로 유용하게 발전시킨 태도는 꿈에 대한 동기가 분명함을 말해주는 것이니 다수로부터 칭찬받을 수 있겠습니다.

변호사가 되겠다고 할 때도, 사회적 약자를 돕는 정의로운 변호사가 되겠다고 해야 꿈의 수준으로 인정해줍니다. 내적 만족과 외부적 보상은 물론이고, 자신의 직업적 기술로 사회에 공헌하겠다는 마음이 있어야 한다는 것이죠.

어른들이 '꿈'을 물을 때 여러분들이 대답하기 어려웠던 적이 있다면 아마도 이런 이유 때문일 것 같습니다. 뭘 해서 먹고 살아야 할지, 직업도 정하지 못한 마당에 '꿈'이라뇨? 그러니 앞으로 여러분들에게 꿈을 묻는 어른들이 또 있다면 "그냥 정규직이요"라고 하셔도 됩니다. 또는 여러분의 생각과 전혀 상관없이 이렇게 대답해버리셔도 됩니다. "증권 (또는 부동산) 전문가가 되어서 30대에 돈을 많이 벌어 빌딩을 세 채 정도 사고, 마흔 정도에 은퇴해 해외여행도 하고 봉사활동도 하면서 나머지 삶을 즐기는 것입니다"라고 한다면 그 말을 들은 어른들은 모두 탄복할 것입니다. 왜냐하면 그들이 모두 꿈꾸던 삶이 그런 것이거든요. 이 말을 들은 어른들은 여러분의 꿈(허풍)에 압도되어서 다시는 꿈에 대해 묻지 않을 것입니다.

이미 세상을 40~50년 살아본 어른들이라면, 그 어떤 직업도 사회적 공헌은커녕, 내적 만족을 주는 직업조차 별로 없다는 것, 심지어 외부적 보상인 수입도 항상 불만족스럽다는 것을 뼈저리게 알고 있습니다. 다시 한번 말하지만 자신들도 믿지 않는 꿈을 묻는 어른들에 대해 너무 신경 쓰지 않으셔도 됩니다.

그러니 여러분들은 꿈 따위는 고민하지 말고, 그냥 밤에 잘

자면서 좋은 꿈을 꾸시기 바랍니다. 대학 입학도 어려워 코가 석 자인데, 먼 미래의 꿈 따위는 고민하지 않으셔도 됩니다.

앞서 말한 세 가지 조건을 다 충족하는 일을 찾으려 노력하지 않아도 됩니다. 사실 지금 여러분의 나이에 어떤 직업을 가지겠다고 다짐해보았자 별로 소용이 없을 겁니다. 왜냐하면 여러분들의 꿈은 스무 살만 되어도 바뀔 가능성이 아주 높기 때문입니다.

10

가능성을 넓히는 거라고
생각해봐

대학 전공과 직업의 상관 관계

여러분들 그리고 선생님들이나 부모님 같은 어른들조차 단단
히 착각하는 것이 있습니다. 대학 전공이 여러분들의 직업을
완전히 결정하는 것처럼 생각한다는 겁니다. 여러분들이 아는
모든 어른들에게 물어보세요. 대학 전공이 현재 직업이냐고요
(교사, 예술가, 의사나 약사 같은 전문 직종들은 제외하고 일반 직업
을 가진 어른들 말입니다). 아마 자기 전공대로 직업을 가지고 평
생 사는 어른들은 별로 없을 겁니다.

도무지 이해할 수 없습니다. 대학 전공이 평생의 직업에 크게 영향을 끼치지 않는데도 왜 그렇게 조급하게 대학 전공에 목숨을 거는지 말입니다.

나는 내 아들딸에게 가능하면 기초 학문을 공부하라고 조언했습니다. 문과라면 철학이나 인류학, 심리학 또는 사회학을 하면 좋겠고, 이과라면 수학이나 통계나 물리학이면 좋겠다고 말입니다. 큰딸은 심리학과 범죄학을 공부했는데 놀기 위해 휴학과 복학을 반복하며 7년 만에 졸업했습니다. 대학에 들어간 19살부터 너무 격하게 살(놀)아서인지 20대 후반이 되자 자신에게 필요한 것은 안정감이라며 지금은 공무원으로 일하고 있습니다. 인류학과 심리학을 공부하는 아들은 이 나라 저 나라를 돌아다니며 이 일 저 일을 하다 말다, 학교도 다니다 말다를 반복하며 역시 7년이 가깝도록 졸업도 못 하고 있습니다. 그렇게 20대를 '알차게' 보내는 두 젊은이들이 조금은 아슬아슬해 보였지만 천천히 자신에게 적절한 삶의 내용과 속도를 맞춰나가는 어른이 된 것 같아서 마음이 많이 놓이기도 합니다.

나의 아들딸에게 한 얘기와 같은 조언을 여러분에게도 하고 싶습니다. 이제 대학교는 예전의 고등학교처럼 되었습니다. 나 때만 해도 대학 진학률이 30퍼센트를 겨우 넘겨서 대학을 나오면 취직이 어렵지 않았습니다. 이제는 80퍼센트 넘게 대학을

갑니다. 고급인력이 넘치게 된 겁니다. 그리고 앞에서 말했듯 대학에서의 전공이 직업과 직결되기란 쉽지 않습니다. 국문과를 나와서 은행에 취직하고, 교육학과를 나와서 보험회사에 취직하고, 영문과를 나와서 카페를 창업하기도 합니다. 대학에서의 전공이 쓸모없다는 것이 아니라 대학을 다니는 기간 동안 여러분들의 꿈과 진로는 바뀔 가능성이 상당히 높다는 것입니다.

그러니 전공을 정하는 것이 인생을 정하는 것이 아니라는 것을 염두에 두면 좋겠습니다. 오히려 가능성을 더 넓히는 관점에서 보면 대학에서는 기초학문에 가까운 공부를 하는 것이 더 좋을 것 같다는 생각입니다. (물론 이런 이야기를 너무 이상적이라며 한심하게 평가할 어른들도 있을 겁니다. 하지만 나같이 생각하는 꼰대도 있어야 하지 않을까요?)

삶의 기초부터 탄탄하게

20대 중반에 대학을 졸업하고 서른 전에 정규직이 되어서 돈을 좀 모으고 서른 중반 이전에 결혼해서 아이를 낳고 등등, 우리 사회가 기대하는 나이에 따른 단계들이 있는 것 같습니다. 그런 세상의 고정관념에 자신의 삶을 욱여넣지 않으면 좋겠습니다.

여러분들에게도 내 아이들에게 한 것과 같은 얘기를 한 번 더 진심으로 하겠습니다. 스무 살이 되고, 또 몇 년이 지나 서른 살에 가까워 오더라도 뭔가 해낸 것이 없어서 두려워하거나 의기소침하거나 부끄러워하거나 자신을 책망하지 않아도 됩니다. 20대는 세상의 눈에 뜨이는 무언가를 이루지 못하는 것이 아주 자연스러운 일입니다.

나는 20대를 방황의 시기라고 생각합니다. 방랑의 시기라고 해도 좋습니다. 삶의 방향을 정하기 위해 여기저기 기웃거리고, 이것도 집적대고 저것도 집적대보는 겁니다. 그냥 부담 없이 이것저것 해보면 됩니다. 그러다 보면 어느 날 운명처럼 자기 일을 찾게 될 겁니다. 그것이 서른 무렵에 이루어진다면 아주 훌륭한 타이밍입니다. 서른이 되면 그후 죽을 때까지 이런 방황의 시간은 가져보지 못할 겁니다.

만약 서른도 되기 전에 무언가 대단한 것을 이루었다면 50대에 가서는 아무것도 못 이룰 수도 있습니다. 평범하게 살아갈 우리에게는 쓸 수 있는 에너지의 총량이 있습니다. 지금 많이 쓰면 나중에 쓸 것이 없습니다. 20대는 모색하는 시기입니다. 그러니 지금부터 마음을 좀더 편안하게 하고, 삶의 기초를 튼튼하게 다지는 스물을 맞이하면 좋겠습니다.

11

너의 환경이 꿈을 정하도록
내버려두지 마

예측할 수 없는 우리의 미래

우리는 학교를 졸업하면 깨어있는 시간의 대부분을 직업인으로 살아야 합니다. 그래서 직업을 정한다는 것은 아주 중요한 결정이지요. 여러분들도 가능한 빨리 자신에게 맞는 직업을 잘 골라야 한다는 압박감이 생길 겁니다. 게다가 가까운 사람들의 기대도 있고, '가치 있는 사람'이 되라는 사회적 압박도 만만하지 않습니다. 그럼에도 불구하고 여러분들에게 정말 하고 싶은 얘기가 있습니다. 직업(꿈은 물론이고)을 너무 빨리 정하려 하지 않아도 된다는 것을 한 번 더 강조하려 합니다. 여기에는 여러 가지 이유가 있습니다.

먼저 인간의 기대 수명은 점점 길어지고 고령화 사회가 되고 있습니다. 간단히 말해서 앞으로 여러분들이 직업을 갖고 일하는 시간이 지금 어른들이 일하는 시간보다 훨씬 더 길어질 것이라는 뜻입니다. 내가 여러분 나이였을 때는 예순 살 정도가 되면 노인 취급을 받았습니다. 하지만 지금 예순 살이 된 사람들은 전혀 노인 취급을 받지 않을 뿐 아니라, 여전히 직업을 가지고 일하는 경우가 아주 많습니다.

예전에는 여든 살까지 살면 정말 장수했다고 했습니다만, 현재 한국 노인의 30퍼센트는 여든 살까지 살 수 있다고 통계는 말합니다. 아마 여러분들 세대는 이보다 훨씬 더 많은 사람들이 80살 이상까지 살 것입니다. 지금은 많은 직종에 정년이 정해져 있지만 앞으로는 그것도 없어질 것 같습니다. 즉, 스물다섯 살쯤부터 직업을 가진다면 어쩌면 적어도 40년, 어쩌면 50년 이상 일을 해야 할지도 모릅니다.

게다가 한국은 전 세계에서 출생률이 가장 낮은 나라이고, 젊은 인구는 점점 더 줄어들 것입니다. 이 말은 여러분들의 노후를 보호해줄 복지제도가 점점 더 야박해질 것이라는 뜻입니다. 그러니 자신의 노후를 대비하기 위해서는 오랫동안 일을 해야 할 것입니다. 좀 암울한 이야기이지만, 지금의 출산률 추이를 보면 그럴 가능성이 높습니다.

당연히 인구도 줄어듭니다. 여러분들이 만약 90세까지 산다면 2100년을 맞이하겠죠. 그때 한국의 인구는 2,400만 명, 지금의 절반 정도로 줄어든다고 예상하고 있습니다.

우리가 세상에 대해 아는 건 정말 적어

하지만 이런 상황이 아주 나쁜 면만 있는 것은 아닐 겁니다. 인구가 줄면 무엇보다 사람이 귀해지고, 인간의 노동이 필요한 곳에서는 사람의 가치가 더 높아질 것입니다. AI 로봇이 많은 직업을 대체한다고 해도, 인간만이 할 수 있는 일들은 여전히 많을 테니까요. 노동의 가치가 더 높아지고, 새로운 직종도 많아질 것 같습니다.

당장 대학입시의 경쟁률이 낮아질 겁니다. 여전히 '인서울'은 어렵지만 벌써 지방의 대학들은 신입생을 모으지 못해 전전긍긍하고 있습니다. 오죽하면 "한국의 대학은 벚꽃 피는 순서대로 망하고 있다"는 뜻의 '벚꽃엔딩'이라는 농담이 나오겠습니까. 여러분들이 결혼해서 낳은 자녀가 대학을 갈 무렵이면,

한국의 입시 경쟁률과 그 제도는 어떻게 되어 있을까요. 솔직히 잘 상상이 가지 않습니다.

그러니 여러분들은 너무 빨리 신발 끈을 조여 매지 말고, 천천히 걸어가면 좋겠습니다. 높은 산을 힘겹지 않게 오르는 가장 좋은 방법은 천천히 쉬면서 가는 것입니다. (체력이 약한 내 아내와 같이 산을 오르면 높은 산도 힘겹지 않게 정상에 오릅니다. 아내가 워낙 천천히 가거든요. 덕분에 '천천히 가면 힘겹지 않다'는 단순한 사실을 잘 알게 됐습니다.)

확실한 직업을 정하는 것을 적어도 서른 살이 될 때까지는 유예해도 좋지 않을까 싶습니다. 대학 진학률이 80퍼센트에 이르는데, 반/재수, 삼수까지 하고 게다가 중간에 휴학까지 한두 번 한다면 20대 중반을 넘겨서 졸업할 것 같습니다. 물론 대학을 가지 않는 청년들도 많지요. 또 이런저런 이유로 대학을 중간에 그만두기도 하지요. 하지만 또 남자들은 군대도 다녀와야 하고 형편이 여의치 않아서 졸업을 미루는 경우도 요즘 많습니다. 어찌 되었건, 20대 중반을 넘기는 시점이 되어서 본격적으로 세상에 나오는 추세입니다. 이때는 여전히 세상에 대한 지식이 한정적일 수밖에 없습니다.

여전히 여러분들이 경험하는 직업 세계는 '알바'나 친척 친지들이 직접적인 도움을 주어 경험하게 된 일들, 그리고 부모님의 직업을 간접적으로 들어 아는 것, 또는 여러분들이 속한 공동체의 영향을 받은 것 정도일 겁니다.

강원도나 충청도의 농촌 지역에서 나고 자란 사람, 포항이나 거제, 울산같이 항구도시이면서 금속노동이 경제 기반인 도시에서 나고 자란 사람, 서울의 강남이나 여의도에서 대기업 직원인 부모가 있는 환경에서 나고 자란 사람은 서로 너무나 다른 직업 환경의 영향을 받고 성장했을 것입니다.

이런 환경적 요소는 여러분들이 선택하고 진입할 수 있는 직업 세계의 가능성과 아주 밀접한 관련이 있습니다. 즉, 인간은 익숙한 쪽을 더 자연스럽게 선택하는 경향이 있기에 자신이 주로 보고 들은 직업군에 들어가고자 할 가능성이 높다는 뜻입니다. 이 상황을 반대로 이해하자면 진입 가능성의 익숙함과 편리함 때문에 여러분들의 특성과 개성을 고려하지 못하게 되는 경우도 생길 수 있다는 뜻입니다.

우리를 둘러싼 환경이 미래를 결정하지 않도록

한 가지 예를 들어보겠습니다. 10여 년 전 나는 시골 지역 중학생들을 대상으로 교육제도에 대한 의견을 듣는 큰 연구를 수행한 적이 있었습니다. 그때 만난 시골 지역의 학생들은 원하는 직업으로 '공무원'을 가장 많이 꼽았습니다. 부모님이 공무원인 학생들은 부모님이 공무원이어서, 부모님이 공무원이 아닌 학생들은 부모님이 공무원이 아니어서 공무원이 되겠다는 겁니다. 농촌에서 몸 쓰는 일을 하지 않고, 정년까지 보장되는 안정성에, 게다가 지역에서 공무원이 누릴 수 있는 어떤 유무형의 권력적 이득까지 계산에 넣은 거죠. 하지만 서울 지역의 학생들은 프로그래머, 연예기획자, 큐레이터 등 다양한 직업을 희망하고 있었고 공무원은 그리 높지 않은 비율의 희망직업군이었습니다.

만약 부모님이 교사라면 그 직업에 대한 친숙도가 높을 겁니다. 강남에 살면서 증권전문가인 부모님을 둔 학생이 농부가 될 가능성은 상당히 낮겠죠. 교사나 증권전문가가 더 좋은 직업이고 농부가 더 나쁜 직업이라는 뜻은 전혀 아닙니다. 다만 부모님의 직업, 사는 지역 등과 같이 여러분들이 바꿀 수 없는 환경에 영향을 받아서 직업을 미리 정하는 일은 너무 성급한 것 같다는 뜻입니다.

그러니 좀더 여유를 가지고 20대 초반과 중반을 넘기면서 좀더 세상을 둘러보고 관찰하면 좋겠습니다. 더 많은 시간이 여러분의 삶을 더 튼튼하게 준비해주는 자원입니다. 그러니 적어도 20대 후반이나 서른 무렵까지는 자신에게 시간을 넉넉히 주면 좋겠습니다.

이 이야기를 기억하고 다음 글들을 읽어주세요.

내성적이고 사람 만나는 일이 힘들다는 P는 세상에 나가는 것이 두려워 대학도 가지 않고 편의점 알바를 하며 근근이 살고 있었습니다. 그러다가 편의점에서 매일 부스스한 얼굴로 컵라면이며 담배를 사가던 30대 청년과 친해져서 그의 직업이 영상편집자라는 것과 그 직업은 사람을 많이 만나지 않고도 돈을 벌 수 있다는 것도 알게 되었습니다.

처음 듣는 직업이었지만, P는 그 직업이 자신에게 아주 잘 맞을 것 같았습니다. P는 그 청년이 알려준 대로 정부에서 수강비를 지원해주는 제도를 이용해 영상아카데미에서 공부를 하고 영상편집 일을 시작했습니다. 마침 P는 영화를 아주 좋아하는 사람이었습니다.

또 한 친구는(T라고 하겠습니다) 재수도 하는 둥 마는 둥 하다가 우연히 알게 된 형에 이끌려 핸드폰 판매를 하며 미래에 대한 특별한 계획도 없이 살고 있었습니다. 어느 날 핸드폰을 구입한 한 할아버지에게 핸드폰 사용법을 알려드리며 이런저런 이야기를 나누게 되었고, 할아버지와 같은 노인들을 돌보는 '사회복지사'라는 직업이 있다는 것을 알게 되었습니다. 급 관심이 생긴 T는 검색을 해보고 주변 사람들에게 자문을 구한 다음 학점 은행제 과정에 등록했습니다. T는 2년 뒤 사회복지사 자격증을 따고 사회복지사가 되었습니다. 부모님이 안 계셔서 할아버지 할머니 밑에서 자란 T는 노인들을 돌보는 사회복지사 일에 만족하고 있다고 합니다.

P나 T와 같이 내게 맞는 일을 찾는 일은 우연인 것 같지만 사실 이것은 철학 용어로 '우연적 필연'입니다. 우연처럼 보이지만 사실 필연적으로 일어날 일이라는 뜻입니다. 이런 우연적 필연에 대해 얘기해보겠습니다.

결핍이 우리를
어른으로 만들기도 해

직업 선택은 더 많이 갖기 위해서가 아니야

이 책을 쓰면서 여러분에게 하고 싶은 이야기를 좀더 잘 전달하기 위해 여러 참고 서적과 논문들을 찾아보았는데, 그 중에서도 두 분 선생님의 글과 논문을 특히 눈여겨 읽었습니다. 두 선생님의 연구 내용을 직접적으로 인용하지는 않았지만 그래도 이 꼭지를 쓰면서 많은 영감을 얻었기에 감사의 마음으로 두 자료를 소개합니다.

한 권은 강지나 선생님이 쓴 《가난한 아이들은 어떻게 어른이 되는가》(돌베개, 2023)라는 책입니다. 또 하나는 〈저소득가정 청소년의 예비 직업사회화 경험에 대한 내러티브 탐구〉(박하나, 2018)라는 다소 어려운 제목의 박사학위 논문입니다.

그 외 좋은 책들과 논문들이 많이 있지만 이 두 편의 자료를 특별히 주목한 이유는 가족의 지원과 사회적 자원이 부족한 친구들이 어떻게 어른이 되어가고 또 어떻게 직업을 찾는지에 대해 애정 어린 연구를 진행했고 그것을 훌륭한 결과물로 만들어 내 세상과 공유할 수 있게 해주었기 때문입니다.

지금 이 글을 읽는 여러분들 중에는 부모님의 소득이 어느 정도 되는 부유한 중산층이나 그 이상의 환경에서 사는 사람들도 있을 겁니다. 하지만 많은 청년들이 학자금 대출을 등에 진 채 대학을 졸업하고, 낮은 연봉과 높은 주거비를 감당하며 살아가는 게 현실입니다. 그리고 성인이 되면 부모님의 도움 없이 스스로 살아가야 한다는 점에서는 대부분 비슷한 심리적 과정을 거칠 것입니다. 게다가 아직 서른이 되지 않은 한국의 청년들은 여러 면에서 사회적 약자입니다. 사회적 권력도 없고, 재력도 미미하고, 아직 가족을 꾸리지 못해 인적 자원도 없는 상태일 것입니다.

이 글에서 가장 중요하게 강조하고 싶은 것은 '결핍'에 대한 이야기입니다. 그래서 위의 두 자료는 결핍에서 출발하는 청소년들의 이야기이기에 공유할 지점이 아주 많아 보입니다.

결론을 먼저 말하자면 인간의 직업 선택행위는 더 많이 갖기 위해서가 아니라 결핍을 채우기 위한 것일 때가 아주 많습니다. 결핍! 인간의 무의식적 행위와 중요한 결정을 하는 데 가장 큰 영향력을 행사하는 조건입니다. 최소한 정신분석에서는 그렇게 봅니다.

여러분들이 느끼는 가족의 결핍은 무엇입니까? 또 여러분의 성장 과정에서 겪은 결핍은 무엇인가요? 이 질문을 깊게 한 번 생각해보기 바랍니다. 우리가 직업을 고민할 때 흔히 간과하지만 가장 중요한 질문들일 겁니다. 내가 원하는 직업은 궁극적으로 나와 가족의 결핍을 채우기 위함이라고 생각해볼 필요가 있습니다. 여기서 말하는 결핍이란 경제적·물리적인 것이 아니라 심리적 결핍입니다. 그 결핍을 직업을 통해 채우고자 한다는 것이지요.

그리고 이 심리적 결핍이야말로 가장 강력한 성취 동력입니다. 내 삶을 만족스럽게 만드는 것은 더 많이 가짐으로 가능하다기보다는 내게 없는 것이 채워지는 데서 옵니다. 그 말이 그 말이라고 생각되겠지만 이렇게 생각해봅시다. 밥 때가 되어 출출해지면 우리는 종종 아무것이나 주어진 대로 먹기도 합니다. 하지만 종종 '아무거나'가 아니라 내가 원하는 어떤 특정한 음식을 먹고 싶습니다. 때로는 짜장면이 '땡기'기도 하고, 어떨 때는 돈가츠나 김치찌개를 먹어줘야만 제대로 먹은 것 같다는 생각이 들 겁니다. 또는 엄마가 해주는 된장찌개가 그리울 때도 있고 할머니가 해주신 수제비가 너무 먹고 싶을 수도 있습니다.

특정한 음식이 '땡긴다'는 것은 그 음식이 가진 영양분이나 맛이 내 몸에서 부족한 상태일 가능성이 높지요. 탄수화물이 부족하면 밥이, 비타민이 부족하면 야채가, 단백질이 필요하면 고기가 땡길 겁니다. 그리고 엄마나 할머니의 음식이 그립다는 것은, 지금 마음이 지치고 힘겨워서 그분들의 돌봄과 따스한 정이 부족한 상태일 겁니다.

몇 년 전 어느 대학의 학생상담센터 직원들과 회의를 한 적이 있습니다. 거기에서 아주 흥미로운 얘기를 들었습니다. 센터의 선생님들이 대학생들을 대상으로 성장기 부모애착과 아동기 만족도 연구를 진행했답니다. 부모님과의 정서적 관계의 밀접도와 유년기 성장에서 느낀 감정 등에 대한 연구였습니다. 그런데 그 연구에서 아동기 결핍이 가장 높게 나온 특정 과 학생들이 있었습니다. 어떤 과의 학생들일까요? 놀랍게도 아동학과와 유아교육과 학생들이었답니다. 자신의 아동기에 애정이 결핍되었다는 것을 느끼는 사람들이 아동을 돌보는 일을 통해서 자신의 결핍을 채우고자 하는 것이겠죠. 물론 한 학교의 연구 결과만으로 일반화시키기는 어렵습니다만, 적어도 그럴 가능성이 높다는 단서는 제공하지요.

앞서 얘기한 P라는 친구의 얘기를 들어봐도 그렇습니다. 농촌에서 자라면서 항상 서울 사람들이 부러웠는데, 그 이유는 뮤지컬, 연극, 영화나 음악 공연 같은 문화를 향유할 수 없었기 때문이었습니다. 현장에서 직접 감상할 수 있는 문화는 너무 멀리 있기에 P가 누릴 수 있는 종합예술에 가까운 문화는 영화였답니다. 부모님도 먹고사느라 바빠서 문화적 삶은 살지 못하셨고, 주변에도 이런 얘기를 나눌 친구가 없다보니 P의 문화적 허기를 채워주는 유일한 통로는 영화를 보는 것이었습니다. 하지만 자신이 영화배우나 감독이 될 수 있다는 생각은 전혀 못했고, 성격도 너무 수줍고 내성적이어서 영화 관련 직업을 가지는 것은 꿈도 꾸지 못했습니다. 그러다 영상편집자라는 직업을 우연히 알게 되었고, 필연적으로 그 직업을 선택한 것입니다.

T의 경우도 부모님이 안 계셔서 노쇠한 할머니가 항상 밥을 챙겨주셨고, 늙은 할아버지가 근근이 벌어 오시는 돈으로 생활을 했습니다. T는 자신을 사랑으로 보살펴주신 두 분에 대해 항상 미안함과 고마움을 간직하고 있었습니다. 하지만 부모

님은 자신을 돌보지 않고 무관심한 탓에 언제나 삶은 우울하고 화가 나고 불만투성이였습니다. 고등학교를 졸업하고 군대를 다녀왔지만 삶에 희망은 없어 보였고 그냥 되는 대로 살자는 심정이었다고 했습니다.

하지만 사회복지사라는 직업을 알게 되자 눈이 번쩍 뜨였습니다. 자신처럼 형편이 어려운 청소년도 도울 수 있고, 늙고 병든 노인들을 돌보는 직장에서 일할 수 있다는 것입니다. T는 조금도 주저하지 않고 사회복지사가 되기로 했습니다. T의 결핍은 무엇이었을까요? 돈이나 권력이 아니라, 바로 '부모님'이었습니다. T가 생각하는 부모님은 자신을 돌봐주는 부모님뿐만 아니라 늙고 병들어 정말 많은 돌봄이 필요한 조부모님을 돌봐줄 자녀 즉, T의 부모가 가족 안에 있어야 했습니다. 자신의 결핍이기도 하지만 조부모님의 결핍이 T가 직업을 선택하는 데 더 결정적으로 작용했습니다. 자신이 사회복지사가 되면 노인을 돌볼 수 있고, 그것이 조부모님에 대한 사랑을 실현하는 것이며, 자신이 부모님의 역할(조부모님의 자녀)을 함으로써 결핍을 채우는 것이죠.

이렇듯 직업을 택하는 일에서 결핍은 아주 중요한 원인으로 작용합니다. 또한 자기에게 가장 부응하는 직업을 발견하는 일은 우연에 의해서가 아니라 필연적인 결과가 됩니다. 여러분들이 자신의 결핍이 무엇인지 그리고 그것을 잘 돌볼 수 있는 일이 무엇일지 궁리하며 천천히 여유 있게 어른의 시간을 맞이하면 좋겠습니다.

13

학교 공부?
'배우는 사람'이 되기 위해서
배워야 해

공부가 내 삶의 가능성을 말해줄까

배움의 방식 한 가지를 알려드립니다. 여러분들은 지금 대학교 진학을 위해 수능시험과 내신 관리를 하고 열심히 공부하고 있겠지요. 또는 특성화학교에 다니거나 예체능 전공을 하는 학생들, 대안학교에 다니거나 이런저런 이유로 검정고시를 준비하고 있을 수도 있고, 또는 음… 전혀 공부를 안 하는 친구들도 있을 것 같습니다. 어쨌건 모두들 자신이 원하는 목표를 이루기 위해 공부든 뭐든 하고 있을 것 같습니다.

문제는 여러분들도 알다시피 지금 배우는 많은 지식들은 정작 사회에 나와서 쓸모 있는 것들이 별로 없다는 겁니다. 이공계 전공의 직업을 가진 사람들조차 미적분을 활용하는 경우도 드물고, 송강 정철의 〈사미인곡〉을 모른다고 해서 증권회사 직원의 업무를 제대로 수행하지 못할 리 없고요. 만약 자영업을 한다면 학교에서 배운 것들 중 대부분은 쓸모가 별로 없을 겁니다.

그렇다면 왜 이렇게 쓸데없는 지식을 12년 동안이나 배우는 것일까요? 아마 많은 친구들이 이런 의문 또는 불만을 갖고 있을 것 같습니다. 솔직히 말해 나도 학교를 다니는 내내 이런 의문과 불만을 품고 있었습니다(그래서 공부를 열심히 하지 않았습니다…).

하지만 여러분들도 이 쓸데없을 것 같은 공부를 왜 이렇게까지 해야 하는지에 대한 몇 가지 짐작을 할 겁니다. 그 첫째가 여러분들이 앞으로 어떤 직업이나 전공을 가질지 모르기 때문에 학문의 기초 지식으로서 이 모든 것들을 배우는 것입니다. 나중에 천체물리학자가 된다면 물리나 수학은 아주 중요한 과목이 되겠죠. 여러분들 중 누군가는 역사를 공부할 수도 있고, 생물학자가 될 수도 있습니다. 대학에서 더 심도 있는 공부를 하겠지만 중고등학교 때 배운 내용들이 고급 학문의 기초가 됩니다. 그렇다면 12년간의 공부가 아주 쓸모없기만 한 것은 아닐 겁니다.

그리고 문학을 업으로 삼거나 인류학자가 되거나 환경 생태 보호에 일생을 바치는 사람이 되고 싶다는 생각을 하고 실천에 옮기는 일은 어떻게 가능할까요. 바로 여러분들이 지금 배우는 그 쓸데없을 것 같은 지식들을 습득하면서 관심이 생길 수 있습니다. 교과 과정에서 배우는 다양한 과목들은 여러분들의 지적 호기심이나, 장래의 삶에 어떤 가능성들을 제시하는 것입니다.

삶에 대한 답을 찾아가는 공부

가장 근본적인 목적은, 이런 학습 과정을 통해 학문을 대하는 태도와 지식을 습득하는 방식을 훈련한다는 것입니다. 우리가 살고 있는 우주와 이 지구 그리고 인간이 만든 문명이 얼마나 복잡하고 다양한지, 그리고 그것들이 얼마나 정교하게 구성되었는지 또는 어떤 것들은 왜 아직도 제대로 규명되지 못했는지를 알아가는 과정입니다. 즉, '배우는 사람'으로 만드는 것이 목적이라는 뜻입니다. 세상을 살아가는 데 도움을 얻는 방법은 다양하지만 그 중에서 가장 보편적이며 믿을 수 있는 길은 공부하고 배우는 것입니다. 그래서 학교 공부를 해야 할 필요가 있기도 합니다.

문제는 정말 안타깝게도 이런 이상적인 일은 잘 일어나지 않는다는 것이죠. 학교 공부를 할수록 공부가 더 지긋지긋해진다는 것도 압니다. 이미 작곡을 전공하기로 한 친구에게 화학이나 함수 수열이 뭐 그리 중요하겠습니까. 프로그래머가 되겠다거나 의대 입학을 목표로 세운 학생에게 고전 문학이 흥미를 끌지는 않을 것 같습니다.

더 큰 문제는 한국의 입시 제도가 만든 기형적인 문제 풀이 중심의 학습방식이 점점 학문에 대한 흥미를 떨어트리고 있다는 것입니다. 지문을 읽으며 내용을 파악하고 의미를 찾는 행위는 금지되고 오직 문제의 답을 찾아내는 기계적 사고방식을 강요하는 공부가 재미있을 리가 없지요. 기초지식을 습득해서 나중에 응용 활용한다거나, 학문하는 자세를 배우는 과정이라는 말은 아무도 믿지 않게 되었습니다. 효과적인 암기능력과 문제의 답을 찾는 신공만 축적하는 고행의 12년을 겪을 뿐입니다.

대학교까지 졸업해서 세상에 나와도 삶은 늘 답답하고 난관은 지뢰처럼 여기저기 밟히고 넘어야 할 산은 너무나 자주 나

타납니다. 그때마다 답을 찾기는 어렵고, 늘 내게도 좋은 선생이 한 분 계시면 좋겠다는 깊은 아쉬움을 느낍니다. 그럴 때야말로 학교에서 배운 지식이 하나도 쓸모없음을 절감합니다. 결국 삶에 대한 해답은 나 자신이 찾아야 한다는 결론에 이르면서 말입니다.

많은 지식보다 하나라도 실천하기

그래서 여러분들에게 배움에 대한 한 가지 방식을 제안하려 합니다. 지극히 개인적인 경험이라서 어쩌면 편협하게 들릴지 모르니 감안하고 읽어주세요.

내가 스무 살이 채 되지 않았던 무렵에 교회에 나가게 되었습니다. 지금은 신의 존재에 관심이 없는 사람입니다만 당시 나는 어른이 되고 많은 것을 스스로 해야 하는 시점에서 무엇인가에 의지하고 싶었던 것 같습니다. 꽤 열심히 신앙생활을 했고, 믿음을 더 단단하게 하고자 성경도 읽고 기도도 열심히 했습니다.

어느 봄날, 내가 다니던 교회에서 부흥회를 하게 되었습니다. 유명한 목사님을 초빙하여 며칠간 집중적으로 예배를 드리고 기도를 하는 기간이었습니다. 밤새 철야기도회를 하고 나서 새벽예배에 참석했습니다. 예배는 당시 내가 다니던 교회의 젊은 전도사님이 인도하셨습니다. 전도사님은 설교를 위해 먼저 성경의 몇 구절을 읽어주셨습니다. 그런데 전도사님이 발췌하여 낭독하신 성경 구절은 전날 낮에 부흥회 목사님이 설교하신 그 대목이었습니다. 새벽기도회에 참석한 신도들은 약간 의구심을 가지고 전도사님을 바라보았습니다. 그러자 전도사님은 이런 내용의 설교를 하셨습니다. 제 기억을 더듬어 당시 전도사님이 설교하신 내용을 옮겨 적어보겠습니다.

"성도님들, 설교를 하기 전에 전해 오는 이야기를 하나 들려드리겠습니다."

어느 교회에 새 목사님이 청빙되어 부임하셨습니다. 목사님은 첫 설교를 아주 감동적으로 잘 해주셨고 많은 교인들이 은혜를 받았습니다. '우리가 아주 좋은 목사님을 모셨구나'라며 다들 좋아했습니다. 다음 주일이 돌아와 목사님은 두 번째 설교를 하셨는데 지난주에 하셨던 설교 내용을 똑같이 하셨습니다. 교인들은 이렇게 생각했습니다. '아, 목사님이 새로 오시면서 여러모로 분주하셔서 설교 준비를 못하셨나보다. 다음에는 다른 좋은 설교를 해주시겠지.' 그런데 세 번째 주에도 목사님은 또 똑같은 내용으로 설교하시는 겁니다. 교인들은 의아해졌습니다. 목사님은 네 번째 주에도 또 그다음 달에도 계속 주일마다 같은 성경 구절을 읽고 같은 내용의 설교를 하셨습니다.

이제 모든 교인들이 화가 나기 시작했습니다. '아니, 목사님이 돼서 이렇게 설교를 성의 없이 준비하시다니, 예배의 중심이 설교이고, 우리는 목사님의 설교를 듣기 위해 교회에 오는데 매주 같은 이야기를 하니 이제는 지겨워 못 듣겠네'라며 불만들이 터져나왔습니다. 결국 석 달째가 되자 교인들이 들고 일어나 목사님을 갈아 치우자고 했습니다. 목사님에게 직접 "이제 우리 교회에서 떠나시라"고 요구하게 되었습니다. 그러자 그 목사님은 그러면 마지막 설교를 하고 떠나겠다며 예배를 한 번 더 주관하셨습니다. 그런데 마지막 설교에서도 목사님은 평온한 얼굴과 흔들림 없는 목소리로 또 똑같은 설교를 하셨습니다. 신도들은 질린다는 표정으로 목사님을 보며 가망 없다는 생각을 했습니다. 그런데 목사님은 설교의 마지막에 이런 말씀을 하셨습니다.

"사랑하는 성도 여러분, 지난 세 달간 같은 내용의 설교를 들으시느라 고생이 많으셨습니다. 그런데 여러분, 제가 지난 석 달

동안 지켜보니 제가 처음 부임하여 한 설교 내용을 실천으로 옮기는 성도를 한 분도 보지 못했습니다. 만약 여러분들 중에서 제 설교를 듣고 그것을 신앙의 중심으로 여겨 삶에서 실천하는 분이 열 명만 되었어도 저는 설교의 내용을 바꾸었을 것입니다. 하지만 열 명의 의인을 발견하지 못하여 소돔과 고모라가 멸망했듯, 저는 여러분들의 삶에 그 어떤 변화도 일으키지 못하였으니 이것을 책임지고 물러가겠습니다."

목사님의 마지막 말씀을 들은 교인들은 모두 소스라치게 놀라며 깊게 반성하게 되었습니다.

"제가 오늘 이 귀한 새벽예배에서 전날 부흥 목사님이 설교하신 성경 구절을 다시 반복하는 것은 좋은 말씀을 많이 듣는 것만이 중요한 것이 아니라, 하나라도 제대로 실천하고 그것이 여러분의 삶에 중심이 되기를 바라는 마음에서 그리 하였습니다. 그러니 여러분들도 많은 말씀, 많은 지식을 가지는 것보다 하나의 말씀 하나의 지식을 제대로 실천하는 성도가 되시기를 바랍니다."

그 새벽예배에서 전도사님이 하신 설교는 내게 너무나 큰 충격이었습니다. 만약 그날 그 설교를 듣지 못하고 살았다면 얼마나 더 형편없는 인간이 되었을지 두렵고 아찔합니다.

"책을 한 권만 읽은 사람이 제일 위험하다"라는 말이 있습니다만, 그 책이 만약 제대로 된 책이고 그 한 권의 책 내용을 제대로 실천한다면 백 권을 읽고 아무것도 실천하지 않는 사람보다 훨씬 알찬 사람이 될 겁니다. 어쩌면 우리에게는 많은 배움보다는 몇 개의 배움이나마 평생 실천하는 태도가 더 중요할지도 모릅니다.

여러분들은 이제 많은 지식과 배움들 중, 자신에게 가장 소중한 몇 가지의 진리를 찾아내어 그것을 실천하는 사람이 되기를 바랍니다. 그러다 보면 진리에 대한 이해의 깊이가 더해지며 어느 날 꽤 괜찮은 사람이 되어있는 자신을 만날 겁니다.

스무 살 되면
자동으로 어른이 되는 거
아닌가요

...

어른이 되는 법에 대하여

14

공포와 난관을 극복하면
어른이 된다고도 하지

안전장치 없는 추락과 공포의 수용

한 부족의 여성들이 모두 큰 나무 밑에 모여 격렬하게 춤추며 노래하고 있습니다. 화려한 꽃장식과 춤사위는 성대한 축제를 즐기고 있는 모습입니다. 남성들은 그 큰 나무 위와 아래에서 의식을 준비하고 있습니다.

그런데 오직 사람의 힘만으로 나뭇가지를 얼기설기 묶어 올린 높은 탑 위로 한 소년이 올라갑니다. 높이가 적어도 30미터는 되어 보입니다. 그 탑에 오른 소년은 미리 준비해둔 나무 넝

쿨 밧줄에 자신의 다리를 묶고 몇 번의 주저함 끝에 맨땅으로 속절없이 떨어집니다. 아무런 보호 장비도 갖추지 않았고 바닥에는 어떤 안전장치도 없습니다.

다리에 묶인 넝쿨 밧줄의 길이는 탑의 높이에서 땅까지 딱 그만큼입니다. 그러니 중력에 의해 가지가 휘고 무게가 더해져 그 소년이 땅에 떨어졌을 때는 엄청난 고통이 엄습합니다. 하지만 그 소년은 자신이 다치지 않고 건재함을 알리기 위해 벌떡 일어나야 합니다. 성인 남성이 되기 위해 거쳐야 할 가장 중요한 의식을 성공적으로 치러냈음을 증명하는 것입니다. 이제 소년은 추락의 공포와 육체의 고통을 통과한 사회적 보답으로 성인이 되었음을 부족 전체로부터 인정받습니다.

하지만 만약 그 소년이 땅에 떨어지며 크게 다쳐 불구가 되어버렸다면, 이 소년은 죽을 때까지 성인으로 인정받지 못합니다. 남은 생을 소년도 아니고 성인도 아닌, 어디에도 속하지 못하는 사람으로 살게 됩니다. 남태평양 바누아투의 펜테코스트섬 부족의 성인식 통과의례에 대한 이야기입니다. 이와 유사한 성인 통과의례는 남태평양 섬 곳곳에 있습니다. 요즘 놀이동산에 가면 볼 수 있는 번지점프는 이것을 모방한 것입니다.

아프리카 한 부족의 성인식은 소년 혼자 가장 높은 산을 맨몸으로 등정하고 무사히 돌아와야 성인으로 인정합니다. 아마

존 정글의 어떤 부족은 그들의 거주지에서 아주 멀리 떨어진 깊은 정글에서 홀로 몇 날 며칠을 견디고 생존해야 비로소 성인으로 인정받습니다.

이것은 성인이 되기 위한 통과의례의 예시들입니다. 어른이 되기 위해서 겪어야 할 난관치고 너무 가혹해 보입니다. 하지만 이런 과정을 통과해야만 결혼도 할 수 있고, 자기 집도 지을 수 있게 됩니다.

앞서 예시를 든 모든 성인식의 공통점은 무엇인가요? 한 번만 더 앞 내용을 훑어보면 답을 금방 찾을 수 있을 것입니다. 먼저, 오직 혼자 난관을 극복하고 견뎌야 한다는 것, 그리고 통과의례를 거치는 그 소년이 속한 모든 구성원들이 함께 나서서 준비하고 격려하고 공식적으로 인정해준다는 것입니다.

이런 의미에서 우리가 사는 한국 사회는 성인이 되는 통과의례를 겪는 사람이 아무도 없지요.

사실 한국 사회뿐 아니라 현대 사회를 사는 현 인류들 중에서 이렇게 가혹한 통과의례를 거치는 경우는 별로 없습니다.

일정한 나이가 되면 주민등록증이 나오고 운전면허증을 딸 수 있게 되고, 20대에 들어서면 우리는 자동적으로 어른이 될 수 있을까요? 나이가 든다고 어른이 되는 것이 아니라는 것은 여러분도 잘 아시죠!

그렇다면 여러분은 어떻게 어른이 될 수 있을까요? 도대체 어른이란 무엇일까요? 어른이 되었다는 것을 어떻게 알 수 있나요? 심지어 꼭 어른이 되어야 하는지 의문이 들 수도 있습니다.

세상에 민폐를 끼치는 사람들이 많습니다. 주변 사람들을 힘들게 하는 사람들을 종종 봅니다. 그들의 공통점이 무엇일까요? 아마도 어른으로 성장하지 못한 사람들일 겁니다. 신체적 나이와 상관없이 유아스럽고 미숙합니다. 최소한 그런 사람이 되지 않아야겠죠. 앞의 의문들을 하나씩 풀어나가 봅시다.

15

자기 자신을 믿겠다는 '결정'의 순간이
바로 어른의 출발

열 명 중 두세 명만 어른이 됐다고 느낀대

어른이 되었다고 생각된 순간에 많은 사람들이 느끼는 가장 강렬한 정서는 비교할 수 없는 외로움이라고 합니다. 부끄럽게도 나는 서른 중반에야 그런 순간을 경험했습니다. 같이 놀아줄 사람이 없거나, 어딘가 홀로 떨어져 있거나 할 때 느끼는 그런 외로움이 아닙니다. 내가 이 세상에서 겪어야 할 일들은 그 누구도 대신해줄 수 없고 오직 나 스스로 혼자 완수해내야 한다는 결심과 함께 느끼는 절대적인 고독 같은 것이었습니다.

이것은 어떤 구체적인 현실의 한순간에 경험하는 아주 분명하고 특정한 감정입니다. 이 순간을 묘사하자면, 나는 어른이 되어야 하며 모든 것을 나 혼자 다 해내야 한다는 것을 나의 한 자아가 느낍니다. 그리고 거의 동시적으로 이 상황을 관찰하고 있는 나의 또 다른 편에 있는 자아가 이 결심에 동의합니다. 이 과정은 거의 시차를 두지 않고 내 안에서 확정적으로 통합됩니다. 이런 경험이야말로 가장 밀접하고도 깊은 차원에서 자신을 접촉하는 순간입니다. 여전히 설명이 이해되지 않는다면, 몇 번 반복해 읽고 곱씹어 생각해주면 고맙겠습니다. 이성적으로 이해되기 어려운, 감각적인 지식의 영역이기 때문입니다. 조금 뒤에 좀더 구체적으로 설명을 보충하겠습니다.

나는 종종 대학원에서 상담심리학을 공부하는 학생들을 가르쳐왔습니다. 발달심리학이라는 과목을 강의할 때는 빠트리지 않고 묻는 질문이 있습니다. "여러분들은 자신이 어른이 되었다는 것을 어떻게 압니까? 자신이 어른이 되었다는 것을 알게 된 어떤 경험이 있었습니까?" 이렇게 물으면 20대, 30대는 물론이고 심지어 50대 학생들조차 답을 하지 못하는 경우가 많습니다. 아마도 수백 명이 넘는 학생들에게 이 질문을 했으니 제가 경험한 결과는 어느 정도 일반화할 수 있는 샘플이 될 것 같습니다. 게다가 그들은 상담심리학을 공부하는 석사, 박사 과정 학생들이니 더더욱 내면적 성장에 관심이 많지 않겠습니까. 정확하지는 않지만 20~30퍼센트 정도의 학생들이 자신에게 '어른이 되었구나'라는 강렬한 자각의 경험이 있다고 말합니다.

처절한 고독과 외로움의 순간

예를 들어보겠습니다. A가 첫 직장에서 첫 월급을 받았습니다. 통장에 찍힌 액수에 상관없이 자신이 처음으로 받은 이 월급이 너무 신기했다고 합니다. 흔히들 첫 월급을 받으면 부모님에게 선물을 하죠(옛날에는 빨간 내복 선물을 했습니다). A도 소박하지만 고민해서 고른 부모님 선물을 사가지고 집으로 갔습니다. 하지만 선물을 받은 부모님의 표정이 썩 좋지 않았습니다. 부모님 모두 A가 사온 선물이 마음에 안 들었던 겁니다. 그러면서 부모님은 '너를 키우느라 우리가 얼마나 고생'했는지 이야기를 주고받으며, 앞으로 자식 키운 보람을 더 느끼게 해달라는 요구를 하더랍니다. 그 말을 하는 두 분의 표정을 보는 순간, A는 '아, 이들은 내가 믿고 의지할 수 있는 사람들이 아니구나, 이제부터 정말 아무에게도, 부모조차도 의지하지 않고 나 스스로 모든 일을 해내야 하는구나'라는 생각을 했답니다.

또 다른 학생의 경험을 예로 들겠습니다. B는 중학교 2학년 때 병환을 앓던 아버지가 고비를 넘기지 못하고 돌아가셨답니다. 아버지의 장례식을 치르느라 어린 B는 힘이 들었습니다. 문상객들이 다 돌아가고 장례식장에는 B와 어머니, 그리고 여동생만 남았습니다. 적막한 그 밤에 어머니는 아버지 영정 앞에 앉아 혼자 소주를 드셨습니다. 너무 피곤했지만 어머니가 걱정되어 잠에 빠지지 못했던 B는 눈을 감은 채 어머니의 상황을 모두 감지하고 있었습니다. 그때 어머니가 술에 취해 흐느끼기 시작했습니다. 어머니의 울음은 낮고 서러웠습니다. B는 흡사 깔대기가 자신의 귀에 꽂혀있어서 어머니의 그 울음소리가 모두 자신의 귓속으로 빨려 들어오는 것같이 느껴졌답니다. B는 눈을 감은 채 결심했다고 합니다. 이제 내가 어른이 되어야 하고, 어머니를 책임지고 살아야겠다고 말입니다. 그때의 마음은 깜깜한 바다에서 작은 나룻배 위에 혼자 떠있는 느낌이었다고 했습니다.

그 학생들이 말해주는 '어른 됨'의 경험은 신기하게도 모두 일치하는 지점이 있습니다. 그것은 앞에서 말한 바로 그 절절한 고독, 외로움입니다. 어떤 순간적인 난관이나 어려움 정도가 아니라 자신의 인생을 이제부터 오롯이 혼자 다 치러내야 한다는 것, 누구에게도 기대거나 의존할 수 없다는 것을 자각하고 받아들이며, 그 순간 절대적인 고독의 상태가 되었다고 합니다.

저는 학생들과 이 문답을 주고받으며 참 신기함을 느꼈습니다. 열 명 중에 두세 명은 이렇게 공통된 경험을 했다는 것도 신기했지만, 이런 경험을 하지 않은 나머지 70~80퍼센트의 성인들은 어른인가, 아닌가 하는 생각이 들었기 때문입니다. 물론 이런 경험을 하지 않았다고 해서 모두 미숙한 사람이라고 말할 수는 없습니다. 앞서 예를 든 특정한 경험을 하지 않았더라도, 어른에 걸맞은 행동과 품위를 지키며 살아간다면 바로 어른으로 살아가는 것이니까요. 하지만 최소한 이런 경험을 한 사람들이 자신의 어른 됨을 확인하고 그에 걸맞은 삶을 살아갈 확률은 더 높겠지요.

자, 여러분은 '어른은 어떻게 되는 것일까', 그리고 '어른이란 무엇인가?'에 대한 질문과 깊은 연관성이 있는 이야기를 들었습니다. 이제 여러분들에게 물어보겠습니다. 여러분들은 이제 어떻게 할 작정입니까? 어떻게 어른이 될 예정인가요? 좀 무서운 질문인가요?

아닙니다. 겁내지 않아도 됩니다. 만약 여러분들이 "싫어, 나는 어른이 되지 않을 거야"라고 결정한다면 그것도 충분히 존중받을 수 있습니다. 물론 주변 사람들을 힘겹게 할 가능성이 높지만, 차라리 그런 결정을 할 정도로 자신의 삶에 대해 선택을 하는 사람이라면 결코 '어른이 아닌 사람'이 아닐 것입니다.

지금까지 이야기를 들어보니 어른이 된다는 것은 어쩌면 진정으로 자기 자신을 믿겠다는 '결정', 그래도 괜찮겠다는 자신에 대한 '인정'일 수도 있겠다는 생각이 드나요?

16

스스로 선택하지 않으면
아무것도 가질 수 없어

결정만큼 중요한 책임

혹시 이소룡이라는 배우를 아시나요? 제가 여러분만 할 때 이소룡은 전 세계적으로 유명한 액션 배우였습니다. 여러분도 아마 노랑 쫄쫄이 트레이닝복을 입고 "아비요~"라며 기합을 넣는 그 배우를 알고 있으리라 짐작합니다.

이소룡의 무술 스승은 엽문이라는 분입니다. 무술연기 지도 스승이 아니라 진짜 무림의 고수였습니다. 엽문 스승을 주제로 한 영화 시리즈도 많은 것으로 압니다. 그런 영화들 중 하나를 본 적이 있는데, 그중에 이런 내용이 있습니다.

엽문 스승이 누군가와 이야기를 나누다가 "제자로 인정할 수 없는 사람들이 있는데, 거기에는 세 가지 조건이 있다"고 했습니다. 앞의 두 가지는 너무 평범한 내용이어서 잘 기억이 나지 않습니다. 세 번째 조건이 정말 인상적이었습니다. "나는 선택(결정)하지 않는 사람은 믿지 않는다"는 것입니다.

영화를 다 본 다음에도 한동안 엽문 스승의 말씀은 내 가슴에서 큰 의문이 되었습니다. 선택하지 않는 사람이라… 왜 이런 사람을 신뢰하지도 않고 제자로 받아들이지도 않는다는 걸까? 그리고 내가 내린 두 가지 결론은 이렇습니다.

먼저 선택하지 않는 사람은 책임지지 않으려는 사람이라는 것입니다. 예를 들어 아주 중요한 결정을 앞두고 우리는 종종 주저합니다. 그 이유는 아주 간단하지요. '만약 내가 한 결정이 나중에 잘못되면 어떡하지'라는 걱정 때문입니다. 다른 사람에게 피해가 갈 수도 있고, 금전적으로 손해를 볼 수도 있지요. 사소하게는 신발을 고르거나 옷을 살 때도 이렇게 마음이 우왕좌왕합니다. 더 크게는 어느 학교로 진학할지, 전공을 무엇으로 정할지 등으로 고민할 수도 있고요.

그런데 여러분들이 지금껏 그랬던 것처럼 앞으로도 어떤 상황에서 잘못된 결정을 했다고 해서 그것이 여러분의 삶을 완전

118

히 망가트리는 경우는 잘 없을 겁니다. 결정이 잘못돼서 인생이 망가지는 경우보다, 그 결정에 대한 책임을 지지 않아서 인생이 망가지는 경우가 훨씬 더 많습니다.

그래서 우리가 결정 앞에서 망설이는 이유는 결정이 잘못될까봐 겁나서가 아니라, 내가 이 일의 결과에 대해 책임을 질까 말까를 결정하지 못해서입니다. 잘못된 결정을 하더라도 내가 책임지겠다고 생각하면 결정하는 일은 훨씬 쉬워집니다. 만약 그 결정이 잘못되어 책임을 지느라 힘겨운 시간을 보낸다 하더라도, 스스로 내린 결정이라면 책임이 그리 고통스럽지 않을 겁니다.

무엇보다 중요한 것은 책임을 지는 그 과정에서 얻게 되는 경험은 시간이 지날수록 숙성되어서 언젠가 여러분을 훨씬 성숙한 사람으로 키워낼 겁니다.

포기하지 않으려는 욕심과 갈등

선택을 하지 못하는 두 번째 이유는 포기하지 않으려는 욕심 때문입니다. 갈등하는 이유는 이 선택은 이게 좋고 저 선택은 저게 좋아서 결정을 못 하는 거죠. 그러면 이것이든 저것이든 포기하면 선택은 쉬워집니다. 그런데 다 가지고 싶은 거죠. 그래서 이걸 다 가질 수 있는 방법을 찾아보고, 인터넷에서 수없이 검색해보고, 다른 더 좋은 방법이 없는지 주변에 물어보고 하느라 중요한 때를 놓쳐버리기도 합니다. 어쨌건 욕심 많은 아이처럼 하나도 놓치지 않으려 하는 탐심이 선택하는 마음을 흐려놓는 것 같습니다. 이렇게 책임도 지지 않으려 하고, 욕심으로 가득 찬 사람은 가르쳐봤자 그 무엇도 감당하지 못할 것을 알기에 엽문 스승은 제자로 두지 않으려 한 것 같습니다.

완전한 만족에 대한 환상 버리기

완전한 만족을 원하는 사람들이 많습니다. 만족의 정도가 어느 정도이면 만족할까요? 웬만해서는 만족하지 못하는 사람들은 아무것도 포기하지 않으려는 습성이 있습니다. 물건을 하나 사거나 식당에서 밥을 먹거나 또는 여행을 가거나 할 때도 완벽한 만족을 강박적으로 원하는 경우를 말합니다.

심지어 정말 좋은 경험을 했는데도, 더 괜찮아 보이는 것을 나중에 발견하면 '저기를 갈 걸 그랬어', '저걸 살 걸 그랬어'라며 후회합니다. 이렇게 만족하지 못하는 사람들은 계속 만족하지 못할 이유를 만들어내고 그래서 결국 결정을 미루게 됩니다.

바둑에 아주 멋진 금언(金言)이 있습니다. '장고 끝에 악수 둔다.' 결정을 못 하고 너무 오래 생각하다보면 오히려 패착을 두게 된다는 말입니다. 이런 경우가 우리 일상에도 아주 많습니다. 일단 너무 오래 생각하다보면 가장 적절할 때를 놓치게 되는 경우가 많습니다. 가장 좋은 에어컨을 가장 싼 가격에 사기 위해 온갖 사이트를 다 검색해보고 모든 매장을 돌아보며 가격과 가성비를 비교하느라 시간을 다 보내서 이미 가을이 되어버리는 거죠.

어떨 때는 너무 오래 생각하다보면 자기 생각에 지쳐서 '에잇 모르겠다, 아무거나 지르자'라며 결국 나쁜 선택을 하게 되고 또 후회합니다.

완벽한 만족감은 일종의 환상입니다. 부족한 것에 맞추어 사는 삶, 부족한 것들로 이루어졌지만 결국 나의 노력을 보태어 만족을 만드는 삶이 있을 뿐이죠. 그러니 우리는 때로 포기하는 용기를 발휘해야 합니다. 포기는 약자의 선택이 아닙니다. 오히려 삶을 즐기는 자의 여유입니다.

그리고 어른이 되기 위해서는 무언가를 가져야 하고 갖추어야 합니다. 선택을 한다는 것은 책임을 진다는 뜻도 있지만, 그것을 가지겠다는 뜻이기도 합니다. 선택하지 않으면 그것이 물건이건 경험이건 사람이건 아무것도 가질 수 없습니다. 역으로 이것을 가진다는 것은 저것은 가지지 않겠다는 뜻이며, 또한 가진다는 것은 그것을 책임진다는 뜻이므로 선택과 책임은 동의어에 가깝습니다.

어른 이야기로 다시 돌아가서, 만약 여러분들이 "나는 어른이 되지 않을 거야"라고 선택했다면 어떤 의미로 여러분은 어른이 된 것입니다. 어른이 되지 않고 살아가는 어른의 삶은 어른이 되어 짊어질 무게만큼이나 힘들 것입니다. 그것을 선택했기에 그에 따른 힘겨움도 감당하게 되겠지요. 엽문 스승이 제자로 삼을 만한 사람이 된 것입니다.

잠깐 정리를 해볼까요. 어른이 된다는 것은 누구에게도 의존하지 않고 스스로 살아가겠다는 결정, 그리고 자신의 삶을 책임지겠다는 자기 안의 확정이 있으면 어른이 되는 것입니다. 그 순간을 의미 있는 이벤트로 만들어볼 수도 있습니다. 혼자 떠나는 여행에서 다짐해도 좋고, 부모님에게 이 결정을 말씀드리는 선언식을 해도 좋고, 또는 자신이 믿는 종교의 성소에서 신께 다짐해도 좋을 것 같습니다. 이것이 여러분의 성인식이 될 것입니다.

그리고 가장 중요한 것은 한 번 성인이 되면 뒤로 돌아가지 못합니다. 콩과 물이 만나 콩나물이 되면 다시 콩과 물로 돌아갈 수 없는 것처럼, 한 번 어른이 되면 아이로 되돌아가는 것을 스스로 용납하지 못할 겁니다.

17

두려워만 하는 사람과
두려움 속으로 들어가는
사람의 차이

두려움은 정상적인 것

최근에 나온 책《2024 트렌드 모니터》에 실린 연구 결과입니다. 한국에 사는 30대의 64퍼센트, 40대의 74.8퍼센트, 50대의 81.2퍼센트는 부모와 심리적으로 독립하여 생활하고 있다고 답했습니다. 이 말은 부모와 심리적으로 독립하지 못한 사람들이 30대에 36퍼센트, 40대에 25.2퍼센트, 50대에 18.8퍼센트나 있다는 뜻입니다. 심지어 30대의 30.4퍼센트, 40대의 20퍼센트, 50대의 18.4퍼센트는 어른이 되고 싶지 않다고 합니다. 심리적 독립과 어른이 된다는 것은 아주 밀접한 관계가 있어 보입니다.

30대 성인의 3명 중 한 명, 40대 50대 아저씨 아줌마 5명 중 한 명은 어른이 되기를 거부하고 있다는 겁니다. 즉, 여러분들이 만나고 있는 부모님, 친척, 선생님들, 그리고 학원이나 교회, 동네에서 마주치는 성인들 중 서너 명에 한 명은 비(非) 어른이라는 뜻입니다.

어른이 되는 것이 두렵고 싫다는 사람들이 이다지도 많습니다. 하지만 어른이 되기 위해 아주 중요한 태도 중 하나는 두려움을 수용하는 일입니다. 그렇다면 두려움을 느끼는 마음의 과정은 어떤 걸까요?

사전적으로 두려움은 '위협이나 위험을 느꼈을 때 생기는 불안하고 조심스러운 마음 상태'를 말합니다. 또는 어떤 일을 추진하거나 상황에 직면했을 때 '잘못될까봐' 느끼는 심한 불안감이기도 합니다. 뭔가 자신에게 안 좋은 상황이 발생할까봐 심하게 긴장한 상태를 말하는 것입니다.

두려움 또는 불안에도 정상적이며 건강한 측면이 있고, 아주 비정상적이고 병리적으로 작동하는 경우도 있습니다. 일단 건강한 불안은 우리를 위험으로부터 보호해줍니다. 태풍이 몰려오고 비바람이 거셀 것이라는 예보를 보고 불안을 느꼈다면 이것에 대비를 해야죠. 이때 느끼는 불안이나 두려움은 현실적인 것이며 정상적입니다.

하지만 다리가 무너지거나 지하철에 화재가 날까봐 학교를 안 가겠다면 좀 부적절하죠. 실제 그런 일이 일어난 적이 있지만 통계적으로 보면 아주 낮은 확률입니다. 위험을 과도하게 평가함으로 오히려 적절한 대책을 세울 수 없게 합니다. 그래서 정상적인 두려움과 아닌 것을 구분할 수 있는 가장 좋은 기준은, 이 두려움을 극복하기 위해 무언가 적합한 대책을 세우고 실행에 옮기는가 그렇지 않은가입니다. 이런 두려움에 대한 검증은 앞으로 살아가면서 계속해야 할 겁니다. 그런 일들이 많이 생길 겁니다. 그러니 어른이 되는 과정을 하나의 아주 훌륭한 백신을 맞아 면역체계를 가지는 것이라 생각해봅시다.

이생망이라는 외침, 일종의 회피

보통 우리는 어떤 일을 결정하거나 실행하기 전에 그 일을 해나가는 것이 얼마나 힘겨울지를 짐작할 수 있습니다. 또 만약 일의 결과가 좋지 않을 때 감당해야 할 상황에 대한 부담도 예상합니다.

이럴 때 현명한 태도는 일이 안 되었을 때 예상되는 부정적인 상황을 하나하나 명확하게 검토해보는 것입니다. 그런데 우리의 마음은 이렇게 부정적인 상황을 차분하게 하나씩 살펴보는 것을 두려워합니다. 그래서 아예 그 일 자체를 회피해버리는 전략을 쓸 때가 종종 있습니다.

즉, 우리가 정말 힘겨운 것은 부정적인 결과가 아니라 그 결과에 대한 두려움을 직면하지 않으려는 것인데, 결국은 그런 자신의 나약함을 감각하는 일이 너무 싫은 겁니다.

여러분도 잘 알다시피 회피한다고 해서 두려움으로부터 완전히 도망칠 수도 없습니다. 이 얘기를 이해하고 동의한다면, 두려움을 절반은 이겨낸 셈이 됩니다. 두려움의 실체를 알고 나면 두려움이 훨씬 덜해집니다.

그렇게 보면 이제 겨우 십 몇 년 살아놓고 '이생망'이라며 '다 포기'를 외치는 것도 사실은 두려워서 아무것도 안 하고 싶다는 말이죠. 공부도 못하고, 친구도 없고, 부모님도 맨날 싸우고, 뭐 하나 제대로 되는 게 없다면 '이생망'처럼 느껴지겠죠. 그렇다고 이번 생이 다 망했다고 생각하는 건 좀 꼰대 같습니다. 뭐 얼마나 살았다고 벌써 한 인생을 그렇게 빨리 평가하고 단정합니까?

능력이나 의지는 둘째 치고, '솔까말' 사실 이생망을 뚫고 나

갈 의사가 없다는 것이 더 핵심 아닌가요? 돌파할 자신이 없는 것이 아니라 돌파하고 싶지 않다는 쪽이 더 맞는 말 아닐까요?

'이생망'이라는 말 뒤에 숨어서 징징대며 비겁해지지는 맙시다.

18

조금 쪽팔릴 자신만
있으면 돼

몸이 아니라 마음이 문제

20대에 들어서는 과정을 아주 힘들게 겪고 있는 10대 후반과 20대 초반의 청년들을 많이 만나봤습니다. 두려움을 회피하다 보니 오히려 더 큰 어려움을 만나 힘겨워하는 청년들이었습니다.

불면증을 겪고 있다고 주장하는 19살 남자 재수생 A는 아무리 병원을 다녀보고, 한의원도 가보고, 심지어 용하다는 점쟁이에게도 가봤지만 불면증을 고칠 수 없었습니다. 수면제를 먹으면 너무 헤롱거려서 다음날 힘을 쓸 수 없다며 죽어도 수면제는 안 먹겠다고 고집을 피웁니다. 부모님들의 걱정도 이만저만이 아니었습니다. 대학 입시가 불과 몇 달도 안 남았는데 시험 준비에 집중할 수 없었습니다.

A는 깨어있는 대부분의 시간은 불면증을 치료할 방법을 찾는 데 썼습니다. 예를 들면 숙면에 도움을 준다는 수면 베개를 검색하고 후기를 다 찾아 읽고 최저가로 파는 사이트를 다시 검색하느라 몇 날을 고민하는 격입니다. 부모님은 잠을 제대로 못 자고 일어나 잔뜩 찌푸린 얼굴로 방에서 나오는 아들의 눈치를 봅니다. A는 잠을 못 자니 피곤하고 집중력도 떨어져 공부도 못하고 학원에 가는 것도 쉽지 않습니다.

또 다른 청년 B가 겪는 문제는 소화불량이라고 했습니다. B는 밥을 먹으면 소화가 안 돼서 끊임없이 트림을 하려고 시도합니다. 소화가 된다는 신호로 트림이 시원하게 나와야 하는데, 그 트림을 만들어내기 위해 계속해서 위장에 공기를 집어넣으려 신경을 곤두세웁니다. 그러다 가스가 식도를 타고 찔끔찔끔 나오면 잠시나마 기분이 안정됩니다. 하지만 여전히 속 시원한 느낌은 전혀 없고 소화불량 상태는 계속되니까 밥을 먹는 것도 꺼려집니다. 정 배가 고프면 밥을 먹지만 먹고 나면 또 다시 소화를 시키기 위해 트림을 하느라 하루 종일 꺽꺽댑니다. 당연히 병원에도 가보고 정밀 검사도 받아보고, A처럼 한의원도 가보고, 기치료, 명상치료 등등 온갖 방법을 다 동원해봅니다. 이러니 일상생활을 제대로 하는 것도 어려웠고, 심지어 학업도 접어야 했습니다. 고통스러워하는 B 앞에서 부모님도 어떤 도움이 되지 못해 답답해할 뿐이었습니다.

이렇게 A나 B처럼 병원의 여러 검사에서도 이상이 없고, 여러 가지 치료로도 호전되지 않는 증상을 가진 10대 후반에서 스무 살 정도의 내담자들을 많이 만나봤습니다. 그들은 어떤 하나 이상의 신체적이나 정신적인 증상을 가지고 있었고 그로 인해 학업도, 일상도, 관계도 제대로 수행하지 못해 답답해했습니다. 그러면서 한결같이 빨리 이 증상을 없애고 정상적으로 살면서 공부도 하고 취업도 해야 한다고 말합니다.

도망갈 명분과 그럴싸한 핑계 사이에서

하지만 이들과 이야기를 깊게 하다보면 이들은 사실 이 증상에서 빠져나올 생각이 없다는 것이 점점 밝혀집니다. 이들은 '되고 싶은 사람'의 기준이 꽤 높습니다. 세상이 놀랄 만한 성취를 해내고, 주변 사람들이 모두 자신을 대단한 존재로 여길 수 있는 사람이 되어야 한다고 믿고 있습니다. 또 그렇게 되고 싶습니다. 또는 엄청난 성취까지는 아니어도 뭔가 해내야 하는 사람, 그래서 자신의 능력을 반드시 입증해야 한다는 강박이 강합니다. 이 청년들은 대부분 똑똑하고 착한 성품을 가졌으며 공격적인 성향도 강하지 않습니다. 다만 그들이 되고 싶은 사람이 될 만큼의 비범한 능력도 없었고, 무엇보다 그 정도의 노력도 하지 않았습니다.

상담을 진행하면서 아주 솔직하게 그들 자신의 깊은 마음을 잘 들여다볼 수 있게 되면 드러나는 것은 깊은 두려움입니다. 그들이 원하는 만큼의 자리에 오르기 위해서는 자신의 능력을 발휘하고 그 결과에 따라 그것이 검증됩니다. 그 시험을 통과해야 하는 것에 대한 두려움이 너무 크게 버티고 있었습니다. 노력했는데도 실패하면 자신의 능력이 '뽀록'나서 주변으로부터 비난받고 '쓰레기' 취급을 받을 것이라는 두려움이 아주 깊고 크게 자리 잡고 있었습니다.

심지어 그런 두려움을 마주할 자신이 없는 것이 더 큰 문제였습니다. 그래서 이 상황으로부터 합당하게 도망갈 명분이 필요했고, 어떤 작은 증상을 아주 크게 만들어서 자신이 바로 그 증상 때문에 노력할 수 없다는 그럴싸한 핑계를 만들어냅니다. 주변 사람들은 물론 자기 자신도 속을 정도로 감쪽같습니다.

그리고 이들은 나와의 상담작업까지도 실패로 만들려고 합니다. 꼬박꼬박 상담시간에 오기는 하지만 그 어떤 시도도 소용없게 만들어버립니다. 한결같이 이들은 "비싼 돈을 들여 정신분석을 받아도 호전되지 않는다"라고 호소합니다. 그리고 '내 증상은 너무나 심각한 것이어서 그 어떤 치료로도 나를 낫게 할 수 없다'고 증명하기 위해 상담에 오는 것같이 느껴집니다.

작업이 잘 진행되면 이 청년들의 이런 숨겨진 의도가 드러납니다. 그때 나는 정말 해야 할 이야기를 시작합니다. 이 청년들과 중점적으로 이야기하는 것은 이들이 이 증상을 통해 얻게 되는 '심리적 이득'에 대한 것입니다. 물론 이들은 고통스럽습니다. 그러기에 "그래서 이득이 뭡니까?"라고 훅 들어가는 질문을 던질 수는 없습니다. 물론 아주 조심스럽게 접근해야 합니다. 이들의 심리적 이득을 밝혀내는 과정은 아주 사적인 작업이며 개인마다 그 과정이 다 달라서 그 경험을 여기서 다 상세히 묘사할 수는 없습니다.

회피할수록 삶을 잠식하는 두려움

하지만 궁극적으로 이들은 그 증상으로 숨어 들어가 두려움과의 직면을 계속 회피하고 있다는 것을 고백합니다. 불면증에 시달리는 아들에게 입시 준비를 닦달할 부모는 없겠죠. 소화불량으로 고통받고 있는 딸에게 학교로 돌아가 빨리 졸업하라고 채근할 부모도 없을 겁니다. 그들에게 증상은 두려움으로부터의 피난처가 된 것입니다.

그래서 이들은 모두 고통스럽습니다. 주변 사람들의 기대는 높다고 믿는데, 자신의 능력에 대한 확신도 없고 정작 그 능력을 평가받을 시험대에 오르는 것은 너무 두려웠던 것입니다. 성취를 위해서는 일정 정도 노력을 해야 하는데 그것을 제대로 수행하지도 않습니다. 원하는 성공적인 결과를 부모님에게, 주변 사람들에게 보여주지 못한다면 자신이 나락으로 떨어지고 아무도 자신을 사랑하지 않을 것이라고 깊게 믿고 있었습니다.

지금까지 말한 방식과는 다르게 두려움을 회피하는 경우가 또 있습니다. 이런 유형의 청년들은 앞의 두 청년들과는 정반대의 모습입니다. 고등학교 2학년인 C는 치밀하게 계획을 짜고, 그 계획을 실행하기 위해 모든 정보를 다 모으고, 자신의 실행 과정에서 잘못이 있는지 엄격하게 점검하고, 실수가 있으면 과도하게 자책하고, 모든 것을 처음부터 끝까지 철저하게 준비하고 실행하기 위해 전전긍긍합니다. 노트필기를 정리하다가 한 자라도 틀리면 그 페이지를 잘라내고 아예 처음부터 다시 씁니다. 그런데 그 페이지가 깔끔하게 잘리지 않으면 아예 새 공책에 처음부터 다시 쓰기도 합니다. 당연히 책상에 앉아있는 시간은 많지만 진도는 나가지 않고 성과가 나지 않습니다. 곁에서 지켜보는 사람들은 이렇게 노력하는 (것처럼 보이는) C를 비난할 수 없습니다. C는 두려움으로부터 도피하기 위해 자신을 착취하고 있습니다.

모습은 다르지만 궁극적으로 C와 같은 친구들도 실패가 두려워서 이렇게 하는 것입니다. 옆에서 보는 사람들은 그의 철두철미함에 마음을 놓고 칭찬하겠죠. 하지만 이 청년들 역시 자신의 계획대로 성공하지 못할까봐 항상 불안하고 속은 타들어갑니다.

만약 이들이 자신이 원하는 목표를 달성하면 행복해할까요? 결국 이들은 더 높은, 더 큰 목표를 만들어내고 또다시 새로운 일을 계획합니다.

두려움을 회피하는 방법은 이렇듯 다양하게 만들어낼 수 있습니다. 여러분은 두려움을 회피하고 싶습니까, 아니면 두려움을 극복하고 싶습니까?

쪽팔려도 괜찮아

앞에서도 한 가지 두려움을 극복하는 방법을 설명했는데요, 그 외에도 다양한 방법이 있습니다. 일단 작은 팁 하나를 알려드 릴게요. 여러분이 만약 '조금 쪽팔릴 자신'이 있다면 두려움을 대면하기에 좀더 수월할 겁니다.

인생이 한 번의 시도로 다 평가받는 것이 아니라는 것도 알 고, 안 되면 다시 하면 된다는 것 정도는 여러분들도 머리로는 잘 알고 있죠. 하지만 이런 생각만으로는 삶의 중요한 과제를 앞둔 긴장된 마음을 안심시키기에는 그리 큰 도움이 안 될 겁 니다. 그럴 때 이렇게 생각해보면 어떨까요? "에이 씨, 안되면 한 번 쪽팔리고 말지 뭐, 인생 뭐 있냐, 한 번 질러보고 광탈하 면 딴 거 하면 되지." 이렇게 쪽팔림을 잘 이용해보면 좋겠습니 다. 인생에서 치러야 할 많은 시험들, 마음에 드는 이성에게 대 시하기와 같은 중요한 만남, 모두 시도해볼 가치가 있는 것입 니다. 그런데 그 시도의 결과가 좋지 않다고 해서 죽지는 않습 니다. 결과를 수용하고 다른 삶을 선택하면 또 다른 기쁨이 맞 아줄 겁니다.

두려움을 극복하는 방법을 인터넷에 검색해보면 제시된 답 들이 아주 많습니다. 제가 잘 이용하는 AI 앱을 이용해서 '두려움을 극복하는 방법은?'이라고 검색해보니 두려움을 극복하는 아주 좋은 방법들이 많이 제시되어 있습니다. 한번 참고해보세요.

하지만 나는 인터넷 검색을 통해서 알 수 없는, 게다가 심리학적인 해답이 아닌 방법을 하나 공유하겠습니다.

그것은 두려움과 친해지는 것입니다. 우리가 친구나 가족을 두려워하지 않는 것은 그들을 잘 알기 때문입니다. 두려움과 친해지는 방법은 두려움에 대해 잘 아는 것입니다. 잘 알기 위해서는 자주 만나야 합니다. 두려움의 실체를 직면하자는 겁니다.

사실 항상 두려움은 부정적인 결과에 대한 상상 때문에 발생합니다. 당연히 그 결과는 아직 발생한 일이 아니니 상상일 뿐이죠. 그 상상이 나의 현실을 장악하게 둔다면 정말 어리석은 일이죠. 찬찬히 그 두려움의 내용이 무엇인지 내가 무엇을 상상하는지 하나씩 항목을 살펴보세요. 이런저런 최악의 시나리오들이 떠오른다면 이제 거의 다 왔습니다.

아마 우리가 맞닥뜨릴 가장 가장 가장 최악의 시나리오라면 나나 또는 누군가가 죽는 것입니다. 하지만 웬만해서 그런 시나리오가 나올 경우는 거의 없을 겁니다. 대부분의 경우 인간의 힘으로 해결이 가능한 결과가 나올 겁니다. 정 안 되면 갖고

자 하는 그것을 포기하면 됩니다. 시험에 떨어지면 직업을 가지면 되고, 구직에 실패하면 공부를 좀더 해보거나 자격증을 따면 됩니다. 여러분들이 상상하게 될 두려움의 항목은 대부분 다 해결 가능한 것들임을 꼭 마음에 새겨두세요.

정신분석학의 창시자인 프로이트는 "천적에게 쫓기는 짐승의 목적은 도망이지 불안이 아니다"라고 말했습니다. 두려움이나 불안은 우리 삶의 목적이 아닙니다. 그러니 눈을 똑바로 뜨고 자신의 두려움을 하나씩 하나씩 검토해보고 잘 파악해서, '아, 이건 안 될 일이다' 싶으면 쿨하게 포기하고, '응, 이 정도면 감당할 수 있겠군' 싶으면 과감하게 질러보는 겁니다. 해봤는데 안 되면 좀 쪽팔려하다가 다시 회복되면 또 다른 일을 해보면 됩니다. 일이 좀 잘못되어도 괜찮습니다. 여러분은 소중한 존재이지만 그렇다고 자신을 너무 과보호하지는 말아야 합니다. 쪽팔리는 일을 겪는다고 해서 여러분의 존재는 전혀 훼손되지 않습니다. 여러분은 어떤 일을 겪어도 계속, 아주 괜찮을 겁니다.

그러니 여러분, 자신이 가진 두려움이 왜 생겼는지 잘 파악한 뒤, 쪽팔림을 두려워하지 말고, 자신을 너무 과보호하지만 않는다면 어느새 여러분은 적어도 나쁘지 않은 정도의 어른은 되어있을 겁니다.

LESSON 4

나도 누군가와
친해지고 싶지만
서툴기만 해요

...

세상과 관계 맺는 법에 대하여

19

관계를 실패와 성공,
좋고 나쁨으로만 따지지 말자

실연이 괴로운 이유

사랑에 대해 이야기하려면 실연의 속성부터 잘 아는 것이 더 효과적일 것 같습니다. 사랑이 성공하려면 실패를 방지하는 것이 가장 기본이니까요. 사실, 관계에 '실패'라는 것은 없습니다. 어떤 관계이건 완전히 나쁘기만 한 것은 아닙니다. 더 정확히 이야기하자면 관계의 경험은 항상 어떤 교훈을 얻게 합니다. 그래서 사랑을 실패나 성공의 관점으로 이야기하는 것은 썩 좋은 방법은 아닌 것 같습니다. 다만 실연한 사람은 '나의

사랑이 실패했다'라고 생각할 때가 많으니 편의상 실패라고
한 것입니다.

여러분들 중에는 한두 번 또는 여러 번 여친이나 남친을 사
귄 경험이 있을 겁니다. 물론 슬프게도 아직 모쏠인 친구들도
있겠죠. 그런 친구들도 앞으로 펼쳐질 화려한 연애 세계를 꿈
꾸며 이 이야기에 동참해주세요.

연애가 끝나고 나면 둘이 같이하던 모든 일들이 다 빈자리로
남게 됩니다. 같이 걷던 길도, 공부는 안 하고 서로 속닥거리던
학원이나 독서실의 옆자리도 비어있겠죠. 나중에 어른이 되어
서 더 진지한 연애를 하고 미래를 함께 계획하자던 연인과 헤
어지면 그 상처는 더 깊을 것입니다. 그 빈자리를 시간의 힘을
빌려 망각으로 채우기까지는 사랑의 깊이에 따라 제법 힘겨운
날들이 지속될 겁니다. 좋아하던 사람과 헤어지면 이제 그곳
에서 그 사람과 더 이상 그 행위를 할 수 없다는 것이 현실에서
겪는 첫 번째 어려움입니다.

그리고 인간은 사랑하는 행위 그 자체로 만족감을 얻습니다.
'사랑하는 기분'이 무엇인지 안다면 이 말뜻도 이해할 것 같습
니다. 밀당 할 때의 그 쫄깃함, 사귈지 말지 아직 결정되지 않았
을 때 상대의 마음을 몰라 친구에게 연애 상담을 하고, 처음으
로 사귀자고 고백할 때의 긴장, 사귀기 시작했을 때 그/녀를 만

나러 가는 길의 설렘, 자기 전에 '굿나잇'이라는 문자를 읽으며 느끼는 뿌듯함. 그 사람을 위해 무언가를 준비하고, 만나서 같이 데이트할 장소를 물색하고, 마음에 드는 선물을 주기 위해 고민하고, 그 선물을 받고 상대가 기뻐할 때 느끼는 기쁨, '사랑해'라고 말할 때의 희열은 상대로부터 무언가를 받을 때보다 더 만족스럽기도 합니다. 내가 가진 장점이나 능력을 상대를 위해 발휘하고, 그/녀를 돌보고 같이 걱정하는 마음을 내는 것도 사랑하는 기쁨 중에 하나이죠.

그런데 실연하고 나면 그런 상대를 잃어버립니다. 그때 느끼는 고통을 '상실감'이라고 합니다. 나의 사랑의 감정을 발휘할 대상을 상실한 것이니까요. 인간은 자신이 가진 능력이나 감정 행위를 발휘할 '대상'이 필요합니다. 사회적 능력을 발휘하려면 직업 또는 일이라는 대상이 필요합니다. 애정과 돌봄의 에너지는 연인이나 가족이라는 대상이 필요합니다. 그 대상이 나의 노력을 인정하고 기뻐하며 그에 호응하는 보상이 주어진다면 더없이 좋은 관계가 될 것입니다.

어떤 이유로 그 대상이 사라지고 나면 우리는 그동안 향하던 마음의 에너지가 가서 머물 곳을 잃고 허둥댑니다. 이것을 상실감이라고 합니다(좀더 깊게 말하자면 그 대상 속에서 발견되는 내 모습을 상실하는 것인데, 이 이야기는 너무 복잡하니 이 정도로만

하겠습니다).

이런 상실감은 건강한 실연의 감정이며, 크게 문제가 없다면 머지않아 회복될 겁니다.

손실감, 진심으로 사랑하지 않은 사람의 최후

그런데 가장 나쁜 실연의 모습은 '손실감'입니다. 특히 '차인 사람'들이 느끼는 감정입니다. 만약 여러분이 어떤 연애 끝에 손실감을 느낀다면 그 연애에서 너무 많은 이득을 챙겨왔다는 뜻일 겁니다. 이득이라 함은 금전적인 것을 말하는 것이 아닙니다. 예를 들어 설명하겠습니다.

'내가 아무리 징징대도 너는 다 받아줘야 해'라는 무리한 요구를 계속했던 연애, 한쪽이 항상 모든 것을 챙겨주고 실수도 다 받아주고 뒤치다꺼리를 지속해온 연애, '너는 남자니까 또는 여자니까 당연히 이렇게 저렇게 해야지'라는 성역할에 고정된 연애 등, 상대의 희생에 기대서 관계를 유지한 경우입니다.

여기서 계속 상대를 희생시켜온 쪽의 사람이라면 연애가 끝나고 감당해야 할 고통은 손실감입니다. 그/녀와 함께하던 것을 못함으로 느끼는 상실감이 아니라, 그/녀가 내게 주던 것을 더 이상 가질 수 없다는 분함과 후회 그리고 관계를 되돌리고 싶어 하는 필사적인 절실함 등이 손실감입니다.

내가 갖고 싶은 것을 가지고 있는 상대와 사귀면서도 정작 자신은 갖고 싶은 그것을 갖기 위해 노력하지 않았던 사람도 그렇습니다. 예를 들어 상대가 공부도 잘하고 똑똑한 사람이어서 이끌렸다면 자신도 그에 걸맞은 지성을 갖추기 위해 노력해야죠. 상대가 운동도 잘하고 사람들도 잘 사귀는 것이 매력적이었다면 그 사람이 가진 매력을 배우기 위해 자신도 노력해야 합니다. 그런데 자신은 그저 상대가 가진 것을 누리기만 하면서 상대가 가진 장점을 흡사 자신이 가진 장점으로 착각하는 사람들도 많습니다. 그러다가 연애가 끝나면 자신의 것이라고 착각했던 것이 사라지면서, 떠나는 사람에게 매달리며 지질하게 굴게 됩니다. 원래 자기에게 없던 것을 잠깐 가졌다고 생각했는데 그것이 없어지고 나면 더 아깝게 느껴지니까요.

그리고 손실감을 느끼는 또 다른 중요한 이유는 상대가 해주는 것들을 당연히 받아들였다는 것입니다. 데이트 비용이 되었건, 정서적 돌봄이 되었건, 무거운 가방을 들어주고, 내가 하기 싫은 일을 대신해주는 상대의 사랑을 당연하게 생각했고, 그것에 대해 특별히 고마움도 미안함도 느끼지 않았다면 그 사랑이 끝난 다음 남은 사람이 받을 징벌은 손실감입니다.

그래서 실연이 손실감으로 고통스러우면 잘못된 태도로 그 사랑에 임했다는 것입니다. 이 말에 동의가 되는지요?

상대를 진심으로 사랑한 사람은 관계가 끝나고 난 다음에도 덜 힘겹습니다. 그러니 혹시 실연이 염려되고 그 후에 고통이 더 걱정된다면 연애를 하는 동안 상대에게 폐 끼치지 말고, 상대의 마음을 잘 살펴 감사함과 미안함을 적절히 표현하고, 무엇보다 진심을 다하기를 바랍니다. 그런 연애를 했다면 실연으로 인한 고통은 충분히 잘 극복해낼 수 있을 겁니다.

20

사랑은 내게 없는 것을,
내가 원하지 않는 사람에게 주는 것

달라서 좋고, 통해서 기쁘고

물론 사랑에 진심을 다한다는 것은 좀체 쉽지 않은 일입니다.
내 진심을 다해도 좋을 만큼 괜찮은 상대가 있으면 좋겠지요.
하지만 대부분의 인간은 괜찮지 않은, 때로는 아주 못돼먹은
성품을 여러 개 가지고 있습니다. 심지어 스스로는 괜찮다고
생각하는 면을 상대는 아주 불만족스럽게 생각할 수도 있고요.
하지만 우리는 상대의 어떤 특성에 이끌려 나도 모르게 그/녀
가 좋아지고 서로에게 매력을 느끼면서 사귀게도 되지요. 사실

사귀기 전까지는 그 사람에 대해 정확하게 잘 알지 못하는 경우가 많습니다. 이렇게 내가 그 사람에 대해 잘 알지도 못하지만 몇 가지 어떤 감각적인 이끌림 때문에 관계를 맺게 되는 원리를 심리학적으로 연구해서 만든 이른바 Matching Theory, 짝짓기 이론들이 있습니다(심리학이라는 학문은 손대지 않는 분야가 없지요).

첫 번째가 상보설입니다. 상호 보완해주는 상대에게 이끌린다는 뜻입니다. 내가 갖지 않은 것을 가진 사람에게 새로운 면, 신선한 매력을 발견하고 끌리는 경우가 많습니다. 그리고 이런 상대와 더 강력하게 친밀함을 만들고 싶어 합니다. 자석의 N극과 S극이 더 강력하게 서로 끌어당기는 것과 유사합니다. 그리고 이 조합은 잘만 한다면 때로는 환상의 복식조를 만들어냅니다. 일을 기획하고 만드는 사람(일을 저지르는 사람)과 그것을 계획하고 실행해서 끝을 보는 사람(뒤치다꺼리하는 사람)의 경우라든지, 촉이 좋아서 척 보면 아는 사람(근자감 쩌는 사람)과 이것저것 꼼꼼하게 따져보고 이성적으로만 생각하는 사람(좀팽이에 걱정 많은 사람)은 합이 잘 맞으면 서로를 멋지게 보완할 수 있습니다. 외향적인 사람(밖으로 나도는 사람)은 외부 일을 맡고, 내성적인 사람(세상 게으르고 귀찮은 사람)은 서류작업을 하거나 가만히 앉아서 처리할 것들을 담당하면 되겠죠. 요즘 흔히들 하는 MBTI 검사가 이런 성향을 잘 밝혀줍니다(하지만 앞에서 말했듯 MBTI는 딱 절반 미만만 신뢰하면 됩니다).

그런데 문제는 서로의 다른 성향이 어느 순간부터는 "우리는 달라도 너무 달라"가 되면서 서로 이해하지 못하고 다툼이 격해집니다. 다른 매력에 이끌려 맺은 연애는 시작도 격정적이고 쫑날 때도 격렬하게 미워합니다.

또 다른 이론은 동질설입니다. 자신과 비슷한 부류의 상대에게 이끌린다는 말입니다. 비슷한 장르의 영화를 좋아하고, 영화의 주인공에 대한 호불호도 비슷하고, 영화를 보는 관점도 비슷한 사람과 이야기하면 '우리는 말이 진짜 잘 통한다'라고 하겠죠. 좋아하는 음식이나 여행하는 스타일도 비슷하고, 거기에다 종교까지 같다면 더 서로에게 호감을 느낄 수도 있습니다. 왜 이런 상대에게 호감이 갈까요? 가장 큰 이유는 안도감을 느끼는 것입니다. 나의 기호나 관점, 세상을 대하는 태도가 상대에게 인정받는 기분, 그리고 '내가 틀리지 않았구나', '나만 그렇게 생각하는 것이 아니구나'라는 생각이 들겠죠.

하지만 서로가 공유하는 비슷한 특성이 많을수록 처음에는 편하고 쉽게 친숙해지겠지만 나중에는 너무 편해서 지겨워지고 새로울 것도 없고 서로 아무런 자극도 되지 않고, 결국 흐지부지 질리게 되는 경우가 생긴다고 합니다.

어떤 커플들은 "우리는 상대에게 화낸 적도 없고 한 번도 다투지 않고 아주 잘 지낸다"고 하는 경우도 있습니다. 이런 사람들도 마음 깊은 곳에 상대에 대한 불만과 힘겨움이 있습니다. 하지만 싸우고 화내는 것이 두려워서 하지 못하는 경우도 많습니다. 자신의 부정적인 감정을 드러내는 것을 스스로 금지하는 것이죠. 화내면 나를 싫어할까봐, 나의 흉측한 모습을 들키고 싶지 않아서, 또는 화가 나도 그것을 제대로 표현하는 방법을 몰라서 등의 여러 가지 이유 때문입니다. 어떤 이는 남자/여자 친구에게 화를 내는 것은 자신의 미성숙함 때문이라고 생각하거나, 싸움 자체가 관계의 실패라고 생각하는 경우도 있습니다. 그래서 일단 너무 많이 참습니다. 점점 불만이 쌓여가고 어느 시점이 되면 돌이킬 수 없을 만큼의 불만이 쌓여 어디에서부터 이야기를 풀어가야 할지 모를 정도가 됩니다.

달라서 싸우고, 비슷해서 질리고… 연애는 참 어렵습니다.

우리 모두는 어딘가 부족한 존재

그다음은 '바람직한 인간상 선호설'입니다. 나와 다르거나 비슷한 점 때문에 매력을 느끼기보다는 그 사람의 인간적인 됨됨

이가 매력의 요소로 작용한다는 겁니다. 한 사람의 성품이 올바르고 인격적으로 훌륭한 사람인지 알아볼 수 있는 방법으로, 식당이나 카페에 가서 직원을 대하는 태도를 보라는 말도 있고, 길 가다가 마주친 약자나 도움이 필요한 사람에게 어떤 태도를 취하는지 보라는 말도 있지요. 다 맞는 말인 것 같습니다. 대중교통에서 임산부나 어린아이 또는 노인에게 자리를 양보하고, 계단 밑에서 무거운 짐을 들고서 쩔쩔매는 할머니의 짐을 들어 올려드리고, 나와 상관없는 사람들에게도 친절한지를 보는 것은 사람을 알아보는 좋은 방법입니다. 물론 이것만으로 다 평가할 수 없겠지만요.

더 중요한 것은 그 사람이 모순적이고 이율배반적인 태도를 가진 건 아닌지 보는 것입니다. 예를 들면 평소 '나는 장애인을 차별하지 않아'라고 해놓고 장애인들이 이동권을 확보하기 위해 지하철 승차 시위를 벌이는 것에 대해서는 욕을 하는 사람이 있습니다. 또는 여성의 흡연이나 음주에 아무런 편견이 없다고 해놓고 자기 딸이나 아내가 그러면 반대하는 경우도 있습니다. 동성결혼은 존중되어야 한다면서 자신의 자녀가 동성애자임을 인정하지 않으려는 부모들도 봅니다. 정치인들의 비리와 부패는 마구 욕하면서 자신은 편법으로 이득을 취하고 뒷돈을 받는 사람들도 많습니다.

만약 바람직한 인간성을 가진 사람을 만날 수만 있다면 연애도 아주 멋지게 할 수 있을 겁니다. 그러나 사실 많은 사람들이, 어쩌면 대부분의 사람들이 이런 이율배반적인 모습을 적어도 한두 개 이상은 가지고 있을 겁니다. 완벽하게 올바른 인간성을 가진 사람은 아마 없을 거라는 뜻입니다.

불가능한 것들을 해내는 고통스러운 경험

그러면 도대체 연애는 어떻게 해야 잘하는 것일까요, 아니 도대체 어떤 인간을 만나야 한다는 말인가요? 서로 다른 사람에게 이끌리는 것도 위태롭고, 비슷한 사람을 만나는 것도 믿을 수 없고, 바람직한 인간은 거의 없고….

그래서 한편으로 연애는 사실 불가능에 가까운 일을 해내야 하는 아주 힘겹고 때로는 고통스러운 일입니다. 상대로부터 내가 원하지 않는 모습을 종종 발견하기 때문이죠. 연락하는 데 성의 없는 상대, 밥 먹으며 쩝쩝대고 식탐이 많은 상대, 세심하지 못하고 너무 둔해서 속 터지는 상대, 배려심이 부족한 자기중심적인 상대, 내가 하는 말에 하나도 공감 못하는 로봇 같은 상대, 툭하면 삐치고 짜증내는 상대, 사람 말을 오해해서 말도 안 되는 시비를 거는 상대, 다른 사람 탓만 하며 자기 잘못은 절대 인정 안 하는 상대, 다툼이 발생하면 말꼬리를 잡고 늘어지며 교묘하게 잘못을 나한테 전가하는 상대, 사사건건 이래라저래라 잔소리 쩌는 상대, 이 모두 내가 원하지 않는 사람입니다. (이 글을 읽는 여러분들도 남/여친으로부터 "너도 여기 있는 사람들 중에 최소한 한두 개는 해당돼"라는 말을 들을 수 있을 겁니다. ㅎㅎ)

우리는 이렇게 내가 원하지 않는 (모습을 가진) 사람과 연애하고 있습니다. 그럼에도 불구하고 포기하지 않습니다. 사랑하기 때문이죠. 더 이상 이런 사람과 만나고 싶지 않다면 이제 사랑은 끝난 것이겠습니다. 사랑하지 않는다면 이런 사람을 만날 필요가 없으니까요.

사랑을 포기하지 않는다면 이렇게 원하지 않는 상대에게 우리는 정말 힘겨운 노력을 합니다. 예를 들면 종종 읽씹, 안읽씹을 하며 연락에 성의 없는 상대에게 내가 먼저 문자하고 전화해서 안부를 묻고 내 일상을 전합니다. 매번 힘이 **빠지겠지요**. 때로는 공부에 지치고 과제를 마무리하느라 힘이 다 **빠졌지만** 없는 힘을 내서 그/녀에게 먼저 연락합니다.

남/여친이 누구와 다투어 속상한 일을 하소연하면 자꾸 해결책을 제시하거나 심지어 "그건 네가 잘못했네"라는 평가를 하기 십상입니다. 남/여친의 말을 들어보니 분명 남/여친이 잘

못한 점이 있고 동의도 되지 않으니 그렇게 말한 것인데, 공감을 원하는 친구는 화를 냅니다. 이럴 때 마음의 거부감을 애써 누르고 상대의 속상함을 먼저 돌보는 말을 내 안에서 힘겹게 찾는 것도 내게 없는 것을 주려는 노력입니다.

의견 차이로 다툼이 일어서 서로 상처 되는 말을 마구 주고받았습니다. 그래도 내가 먼저 마음을 가라앉히고 상대 입장에 서서 한 번 바꿔 생각해본 다음, 만들어내기 어려운 관용의 마음을 힘겹게 길어 올립니다. 그리고 먼저 사과하고 화해를 청하는 것도 내게 없는 것을 내가 원치 않는 모습의 상대에게 선사하는 일입니다.

남/여친이 얼토당토않은 일로 화가 나서 내게 마구 화를 내고 비난을 퍼부을 때 우리는 위축되거나 당황하거나 또는 나 역시 억울해서 화가 납니다. 이럴 때 나에게서 가장 즉각적으로 발생하는 것은 '너도 그렇잖아'라고 반격하는 행동이거나 회피하고 변명하려는 마음이죠. 내 안에서 자취를 감추는 것은 상대의 말과 감정을 있는 그대로 들으려는 침착함입니다. 내 안에 있는 것을 그대로 드러내는 것은 쉬운 일이지만, 상대가 원하지만 지금 내 안에 없는 것을 찾아내는 일은 어렵습니다.

원치 않는 모습을 인정하고, 익숙하지 않은 것을 만들기

이제 "사랑은 내게 없는 것을, 내가 원하지 않는 사람에게 주는 것이다"라는 말에 이해 또는 동의가 되는지요. 사랑에 대한 정의는 무지하게 많습니다. 아마 여러분에게도 "사랑이란 ○○○ 이다"라는 문장을 완성해보라면 각자의 정의를 내릴 겁니다. 나는 지금까지 사랑에 대한 수많은 정의를 읽고 들었지만 "내게 없는 것을, 내가 원치 않는 사람에게 주는 것이다"라는 이말이 가장 마음에 와닿고 동의가 됩니다.

내가 사랑하고 아끼는 사람에게서 내가 원치 않는 모습을 종종 발견하고 또 그 원치 않는 사람이 내게 원하지만 내가 당장은 그러고 싶지 않거나 또는 내게 익숙하지 않은 어떤 태도를 겨우 겨우 만들어내어 그/녀에게 주는 것, 이것이 사랑을 가능하게 하는 일이며 또 내가 그/녀를 얼마나 사랑하는지 알아보는 기준점이 됩니다.

내가 원치 않는 모습이 점점 많아지거나 더 커지고, 내게 없는 것을 구태여 만들어 그/녀에게 주고 싶어 하는 마음이 희박해져 간다면 사랑은 끝이 나는 겁니다. 이런 사랑의 노력이 나와 다르거나(상보설) 비슷한 사람(동질설)과의 관계가 가진 실연의 위험을 극복하고 나를 더 괜찮은 어른 사람으로 만들어갈 것입니다. 그/녀를 사랑하는 한 이 불가능에 가까운 일을 하는 겁니다.

그리고 앞에서 말한 손실감을 한 번 더 언급하겠습니다. 만약 여러분이 이렇게 누군가를 사랑한다면 만약 관계가 종결된다고 하더라도 실연으로 인한 가장 고통스러운 후유증인 '손실감' 때문에 힘겨워하지는 않을 겁니다. 여러분 자신의 노력으로 자신을 지키는 셈입니다.

참고로 사랑에 관한 이 명언 "내게 없는 것을, 내가 원치 않는 사람에게 주는 것이다"란 말은 자크 라캉이라는 프랑스의 정신분석가가 한 말입니다.

21

섹스에 대해 정말 진지하게
생각해본 적 있니?

콘돔 없이 섹스 없다

여러분들이 아주 흥미 있어 할 주제일 것 같습니다. 성욕과 식욕은 인간의 가장 강력한 본능이기에, 여러분들이 이 주제를 읽으며 눈망울을 반짝이는 것이 하나도 이상할 것 없습니다.

여러분 세대를 '10대', 영어로는 틴에이저(Teenager)라고 합니다. 그러면 10대는 열 살부터일까요? 아닙니다. 사회적으로도 신체적으로도 열 살, 열한 살, 열두 살은 10대에 들어가지 않습니다. 나이를 셀 때 영어로 ThirTEEN, FourTEEN,

FifTEEN⋯. 이렇게 나이에 TEEN이 들어가야 10대라고 부릅니다. 그러니까 10대는 열세 살부터죠.

남자들은 대체로 이 무렵에 첫 몽정을 시작합니다. 이제 여러분의 신체가 아버지가 될 수 있는 상태가 되었다는 말입니다. 여러분 몸에서 나오는 정액으로 여성의 난자에 수정할 수 있을 만큼 성숙했다는 거죠. 여성은 이 나이 어름에 초경을 합니다. 역시 몸에 있는 수백 개의 난포 중에서 하나를 매달 난자로 만들어냅니다. 임신이 가능한 몸의 성숙이 이루어졌다는 뜻입니다.

이때부터 남성들은 전립선에서 매일매일 적어도 5천만 개에서 많게는 1억 5천만 개의 정자를 만들어냅니다. 여성들도 매달 한 번 난자가 자궁으로 내려와 수정을 기다리는 배란 기간을 가집니다. 따라서 몸과 마음이 모두 정상적이라면 인간은 누구나 강약의 차이는 있지만 성욕을 가집니다.

오랜 인류 역사에서 10대 중반에 결혼하는 것은 하나도 이상하지 않았습니다. 당연히 합법적으로 섹스도 할 수 있었겠죠. 그런데 현대를 사는 우리는 빨라도 20대 중반, 요즘은 서른 살이 넘어야 결혼을 하니 결혼제도를 통한 안정적인 성관계를 가지는 것도 엄청 늦춰졌습니다. 인류 역사에서 이렇게 결혼을 늦게 하는 시대는 없었습니다. 게다가 국가에서 법으로 정해

미성년자는 성관계를 가지면 안 되며, 이를 어길 시 엄한 벌을 내립니다.

여기서 말하는 미성년자가 아닌 즉, 자기 결정에 의해 성관계를 할 수 있는 법적 나이는 몇 살일까요? 술, 담배를 살 수 있는 나이 19세, 운전면허를 딸 수 있는 나이 18세, 주민등록증이 나오는 나이 17세, 이 중 어느 것일까요? 놀랍게도 16세입니다. 다행히도(?) 여러분이 만 16세를 넘기면 합의에 의한 성관계를 가져도 법적인 제재를 받지 않습니다. 운전보다 성관계를 가지는 것이 덜 위험한가 봅니다….

하지만 슬프게도 법이 허용하는 16세 이상이라 할지라도 당장 여러분들이 누구와 성관계를 가지는 것은 여러 모로 쉽지 않은 일입니다. 일단 가장 큰 문제는 누구에게도 들키거나 알려지기 싫어서 사람들의 눈을 피해 준비가 되지 않은 채로 성관계를 가질 수도 있다는 것입니다. 정자 활동력이 가장 왕성한 시기여서 임신 가능성이 훨씬 높은데 준비도 없이 허겁지겁 성관계를 가지면 정말 해결하기 어려운 문제가 발생할 가능성이 높습니다. 이런 곤란한 문제를 미리 예방하기 위해 성교육이 시행되고 있습니다. 물론 여러분들의 성에 차지 않는 교육들이 많겠지만 그래도 성교육은 반드시 받아야 합니다.

이 글에서 나눌 이야기는 이런 신체적이고 생물학적인 이야기는 아닙니다만 그래도 딱 한마디만 하자면 '노콘노섹'입니다. "콘돔 없이 섹스 없다"는 뜻입니다. 내 아들이 10대 중반을 넘기면서 여친을 사귀고 싶어 할 때, 아들을 불러서 단호하게 이야기했습니다. "누굴 사귀건 뭘 하건 간섭 안 할 건데 한 가지만 말한다, 콘돔 없이 섹스하면 너는 폐급이야, 개하남자라고!" 남자건 여자건 임신 계획이 없으면 피임은 물론 성병 예방을 위해서라도 무조건 노콘노섹입니다. 명심 또 명심!

중요한 것은 친밀감

자, 이제 섹스에 대해서 본격적으로 이야기해봅시다. 섹스가 좋기만 한 것이 아니라 긴장되고 떨리고 심지어 무섭기까지 하다는 사람도 많습니다. 아직 한 번도 관계를 안 가져본 사람이라면 이 말이 더 이해가 될 것입니다.

이성 간 섹스라는 것을 전제로 이야기하자면, (어떤 면에서는 동성애도 마찬가지이지만) 상대 성의 몸과 그 메커니즘에 대해 처음에는 너무 모르는 것이 많습니다. 내게 없는 다른 신체 기관을 가졌고, 그 기관의 기능에 대해서도 잘 모르고, 서로 만족스러운 섹스는 어떻게 하는지도 잘 모르죠.

상대에 대해 잘 모르는 것뿐 아니라 사실 자기 몸이 어떤 성적 존재인지도 잘 모릅니다. 여성들 중에서는 중년이 되도록 자기 성기를 한 번도 제대로 본 적이 없다는 사람도 많습니다. 신체 구조상 제대로 보기 어려운 곳에 위치해 있기도 하지만 그곳을 제대로 들여다보는 것이 망측스러워서 아예 보지 않는다고 합니다.

남성의 경우, 성기는 하루에도 여러 번 소변을 볼 때 사용하지만 성적으로 어떻게 반응하는지 잘 모릅니다. 자위를 할 때는 절정감 순간의 완급을 조절할 수 있지만 실제 성교에서는 남성이 절정감을 조절하는 것은 여간 어려운 일이 아닙니다.

여성의 경우 자신의 몸이 어느 부위에서 더 잘 반응하는지 어느 부위에서는 불편감을 느끼는지 잘 알지 못할뿐더러, 상대와 아주 편한 사이가 아니라면 부끄러워서 만족감을 느끼는 부위와 그렇지 못한 부위에 대해 표현조차 할 생각을 못합니다.

인간이 왜 섹스를 하는지 그 이유를 조사한 연구가 많습니다. 물론 육체적 쾌락을 위해서이기도 하고, 임신을 원해서 섹스를 하는 경우도 있습니다. 이런 생물학적인 이유를 제외하면 섹스를 하는 대부분의 이유는 심리정서적인 것입니다.

그 중에서 남녀를 막론하고 섹스를 하는 이유이자 그 결과물로 '친밀감'을 쌓는 것이 아주 중요한 항목에 있습니다. 상대뿐 아니라 자신의 몸에 대해서도 잘 알지 못하는 상태에서 하는 섹스가 긴장되지 않을 리 없겠죠. 게다가 내가 정말 사랑하는 사람의 알몸을 만질 수 있다는 사실은 성적 흥분감에 가장 자극적인 영향을 줄 겁니다. 그럼에도 불구하고 섹스를 하고 나서 두 사람이 친밀감을 쌓기는커녕 오히려 서로를 싫어하게 된다면 섹스를 하는 중요한 목적이 실패로 돌아간 것입니다.

　사랑하는 상대와의 성관계가 불쾌한 기억으로 남게 되는 이유는 다양합니다. 여기에서는 신체적인 능력이나 성 지식과 관련된 내용은 다른 전문가에게 부탁드리고, 심리적인 관점에서만 설명해보겠습니다.

현실과 환상 사이에서 꼭 필요한 예의

좀 흥미로운 질문을 해보겠습니다. 당신과 남친 또는 여친이 침대에 누워있다고 칩시다. (상상만 해도 좋겠지만 가능한 성인이 되고 난 다음에 이런 장면을 경험하면 좋겠습니다…. 아, 나 틀딱임!) 침대에는 분명 두 명이 있지만 정신분석적으로 이야기하면 여기에는 여러 명이 함께 있습니다. 물론 실제로 사람이 더 있다는 것이 아니라 상징적인 의미에서 여러 명이 더 있다는 뜻입니다. 짐작해보세요, 몇 명이 함께 있을까요?

정답은 모두 여섯 명입니다.

한 명: 실제 나(남자) A

두 명: 내가 원하는 (되고 싶은) 이상적인 남자

예) 성기가 더 큰, 근육이 더 많은 남자 A+

이렇게 두 명의 남자가 있습니다.

세 명: 실제 나(여자) B

네 명: 내가 원하는 (되고 싶은) 이상적인 여자

예) 가슴이 더 봉긋한, 몸매가 더 날씬한 여자 B+

이렇게 또 두 명의 여자가 있습니다.

거기에 더해

다섯 명: 남자가 원하는 이상적인 여자

예) 더 섹스에 적극적인, 더 포근한, 또는 더 지적인 여자 B-

여섯 명: 여자가 원하는 이상적인 남자

예) 더 부드러운, 더 세심한, 더 다정한 남자 A-

이렇게 설명하니 좀더 이해가 되나요? '여섯 명이 함께 있다'라는 것은 상징적 표현이지만 부정할 수는 없습니다. 우리는 누구나 자신의 실재와 상관없이 더 나은 또는 다른 자신이 되기를 원합니다. 물론 상대도 마찬가지이고요. 자각하지 못할 뿐, 자신의 실재보다 더 멋진 능력과 내게 없는 매력을 가지고 싶은 것은 남성이나 여성이나 똑같습니다.

문제는 자신이 원하는 모습과 능력, 그리고 상대에게서 원하는 모습과 능력이 서로 호응하지 않고 그 이기성과 격차가 너무 크면 섹스는 불편한 경험이 될 가능성이 높습니다. 앞서 든 예처럼, 남자가 자신에게 원하는 이상적인 다른 모습은 '성기가 더 큰'인데, 여성이 바라는 이상적인 남성은 '좀더 부드럽고 세심한' 사람입니다. 너무 다르죠. 여성도 만약 오직 자신의 신체적인 부족함에만 빠져서 성관계에 집중하지 못하고 있는데 남자는 오히려 여성이 더 적극적으로 이 관계에 몰입해주기를 바라고 있다면 둘의 성경험은 묘한 불편함으로 마무리될 것입니다.

섹스는 벌거벗은 상태에서도 나와 상대를 올바르게 존중하며 그 행위를 통해 서로를 더 많이 알아가는 일입니다. 가장 나약한 상태, 가장 부끄러운 상태에서 나와 상대를 배려하는 경험입니다. 그러므로 서로의 상태에 대해 알아가려는 노력이 아주 중요합니다. 일방적으로 자신이 원하는 환상만을 채우려 한다면 그 사람은 정말 폐급이고, 아주 하남자, 하여자입니다.

친밀감을 쌓아나가는 것은 성적인 테크닉이나 성기의 특징으로 이루어지지 않습니다. 흔히들, 특히 남성들은 여성을 만족시키는 요상하고 검증되지 않은 테크닉을 배워서 써먹으려 하는 경우가 있는데요, 이런 잡스럽고 유치한 짓은 오히려 상대에게 우습게 보일 뿐입니다. 여성들이 차마 말을 안 해서 그렇지 속으로는 '너 참 지질하다'고 생각할 겁니다.

두 사람이 벗은 몸으로 만나는 일은 부끄럽고 긴장되는 상황입니다. 각자가 가진 두려움과 환상에만 매몰되면 정작 실재의 그 사람에게는 집중하지 못합니다. 친밀감을 쌓을 수 있는 가장 좋은 방법은 서로에게 솔직해지는 것입니다. 실재의 나, 내 눈 앞에 있는 바로 그 사람에게 집중하는 것입니다. 가장 나약하고 긴장되는 순간에 상대를 보호하고, 자신의 감정과 기대에 가장 솔직할 수 있기를 바랍니다. 당신에게 가장 소중한 사람에게 말입니다.

22

친구에게 말을 걸자,
우리는 모두 외로우니까

외로움을 관리하는 고독부장관도 있다

최근 영국의 병원에서는 환자가 호소하는 증상의 원인으로 고혈압, 당뇨병과 같이 '외로움'을 진단 항목에 기입하기 시작했습니다. 외로움을 환자가 겪는 증상의 원인이나 결과로 보고 치료적 접근을 하는 것이죠. 더 놀라운 것은 정부 조직에 국민의 외로움을 관리하기 위해 고독부(Ministry of Loneliness)를 만들어서 장관을 임명했습니다.

영어로 외로움이라는 뜻의 'loneliness'는 영국의 대문호 세

익스피어가 소설에서 처음 사용하기 시작했답니다. 영국은 선진국이지만 그만큼 외로움도 선진적으로 만연한가 봅니다.

독일에도 고독부장관이 있는데요, 유럽이라 먼 나라니까 우리와 별 상관이 없을 것 같죠. 사실 우리와 가장 가깝고 문화적으로도 유사한 점이 많은 일본에도 고독부장관이 있습니다. 한국은 외로움을 다루는 별도의 정부 부서는 아직 없습니다. 하지만 고독사가 사회적 문제로 대두되고 있고, 독신 가구와 고령층이 증가하고 있어서 이 주제를 독립적으로 관리하는 부서가 조만간 생기지 않을까 짐작해봅니다.

고독이나 외로움은 혼자 사는 사람들뿐만 아니라 모두가 경험하는 일입니다. 혼자 있어도 고독감이나 외로움을 느끼지 않는 사람도 있지만, 그와 반대로 주변에 사람이 많지만 오히려 그래서 더 외로움을 느낄 때도 있습니다. 아무리 사람이 많아도 정작 마음을 터놓고 얘기할 사람이 없을 때 느끼는 공허함이 있지 않습니까. 때로는 스마트폰의 연락처를 검지로 아무리 올리고 내려봐도 정작 전화해서 깊은 마음을 이야기할 사람이 없어서 허탈해하기도 합니다. 친구에게 이야기하기에는 너무 비밀스러운 이야기이고, 가족한테 이야기하기에는 오히려 너무 힘든 일이어서 못하는 경우도 있지요.

우리가 경험하는 외로움, 그리고 (선후배를 포함하여) 친구관

계에 대해 이야기해봅시다. 외로움 또는 고독에 대한 철학적
사회적 설명이 많습니다만, 여기에서는 내가 지금까지 만난 수
많은 사람들의 외로움에 대한 심리적인 이야기를 좀 정리해보
겠습니다.

아무도 말 걸어주지 않는 존재가 될 때의 슬픔

외로움에는 세 가지 정도의 종류가 있는 것 같습니다. 첫 번째
는 심심함과 외로움을 혼동하는 경우입니다. 쉽게 말해 혼자
놀기를 잘 못하는 상태에서 느끼는 감정을 외로움으로 인식하
는 겁니다. 같이 놀 사람, 혼자라도 재미있게 놀 거리, 관심을
갖거나 집중하게 하는 어떤 일이 있으면 이런 외로움(심심함)
은 금방 사라집니다. 물론 이런 심심하고 지루한 상태가 지속
적이거나 종종 발생한다면 조금 다르게 보아야 하지만, 그래도
외로움과 심심함을 혼동하고 있지나 않은지 한 번 생각해볼 일
입니다.

두 번째는 실존적인 외로움입니다. 이것은 그 누구도 그 무
엇도 해결해줄 수 없는, 인간 존재가 운명적으로 감당해야 할
외로움입니다. 그 누구도 내 통증을 대신해줄 수 없고, 그 누구

도 내 죽음을 대신해주지 못합니다. 어려운 숙제라면 친구의 도움을 받을 수도 있고, 무거운 짐이라면 사람을 써서라도 옮길 수 있습니다. 그러나 삶과 죽음의 문제는 오직 나 스스로 완수해야 할 과업입니다. 외롭고 고독한 일이죠. 싫어도 감당하는 것 외에는 해결책이 없습니다.

지금 이야기하려는 세 번째 외로움이 가장 흔하게 우리 마음을 힘겹게 만드는데요, 다행히도 내가 생각하기에 해결책도 있습니다. 이것은 몇 개의 단어로 축약하기 어려워서 문장으로 설명하겠습니다.

"외로움으로 인한 고통은 내가 말 걸 사람이 없어서가 아니라 내가 그 누구에게도 말 걸어지지 않는 존재라는 사실에서 발생한다."

우리 삶의 노력은 사실 많은 부분 나를 '말 걸어지는 존재'로 만들기 위해 쏟는 것 같습니다. 나를 찾는 사람, 내 말을 경청하는 사람, 내 곁에 함께 있고 싶어 하는 사람이 많게 하기 위해 돈도 벌고, 권력도 가지고, 외모도 가꾸는 거죠. 쉽게 말해 핵인싸가 되고자 하는 여러분의 욕망과 전혀 다름이 없습니다.

내가 말 걸어지는 사람이 되는 가장 확실한 방법은 영향력 있는 사람이 되는 겁니다. 요즘 인플루언서라고 부르는, 주로 인별이나 너튜브에서 활약하는 셀럽들도 좀 그런 사람들이죠.

그/녀들은 심지어 관심을 끌고 별풍선과 '좋아요'를 받기 위해
조작이나 거짓말을 할 때도 있더라고요.

바보 같은 관계에 애쓰지 않기

세상에 나오면 사회적 권력의 유무라는 관점에서 여러분은 정
말 가장 약자가 됩니다. 학벌도 돈도 사회적 영향력도 거의 가
진 것이 없기에, 부지런히 말을 걸기 위해 쫓아다녀야 됩니다.
알바를 구하건, 과외를 구하건, 직장을 구하건 그들에게 가서
제발 내게 일할 기회를 달라고 말하러 가죠.

만약 여러분이 자영업을 시작해서 젊은 나이에 많은 돈을 벌
거나, 또는 사회적으로 선망하는 어떤 시험에 합격하거나, 연
봉을 많이 주는 직장에 취업한다면 이제 이른바 '몸값'이 급상
승합니다. 일단 소개팅이 더 많이 들어올 수도 있고, 부모님의
대우도 달라질 겁니다. 어떤 사람은 성형하고, 누구는 헬스를
해서 벌크업을 하는 등 외모로 영향력을 행사하려 할 겁니다.

사회적 권력이 없으면 어떤 이들은 타인을 통제하는 방식으
로 영향력을 행사하려 합니다. 끊임없이 잔소리함으로써 자신
의 존재를 과시하고, 어떤 이는 항상 다른 사람을 먼저 배려하

고 양보함으로써 자신이 좋은 사람임을 과시하고 그래서 타인
들이 선호하는 존재가 되려고 합니다. 사실은 자신을 갉아먹는
일인데도 어떤 이유에서 이런 삶의 방식을 택하는 경우들이 많
습니다.

물론 이런 노력들이 모두 다 자신을 영향력 있는 사람으로,
말 걸어지는 사람으로 만들기 위한 목적만 있는 것은 아니지만
그 목적의 중요한 항목을 차지합니다. 우리가 명확하게 인지하
지 못할 뿐이죠.

인간의 이런 노력이 다 성공적이면 좋겠지만 '말 걸어짐'으
로 존재를 확인하려는 욕망은 너무나 많은 희생과 노력을 쏟아
야 합니다. 언젠가는 내 안에 에너지가 고갈되고 무기력해지는
자신을 발견하게 될 겁니다. 나 자신이 외롭지 않기 위해 하는
일인데 결과적으로는 나 자신을 너무 외롭고 힘들게 하는 일이
돼버립니다.

여러분들이 학교에서 맺는 관계의 양상을 자세히 보니 남학
생과 여학생의 특징이 각각 다르더군요. 특히 새 학년이 시작
하면 남학생들은 피라미드 같은 서열 관계를 정리하느라 힘겨
루기를 하는 것 같습니다. 맨 윗자리의 탑티어 또는 일진에서
부터 가장 밑의 빵셔틀까지 서열을 정해서 눈에 보이지 않는
일종의 계급을 형성하는 거죠. 여학생들은 누가 핵인싸가 되는

지에 따라 그 아이를 중심으로 동심원과 같이 원근의 관계를 만들더군요. 동심원의 가장 중간에 핵인싸 그다음 인싸들, 몇몇 따로 노는 그룹들과 그리고 가장 바깥에 핵아싸들이나 셀프 아싸들이 자리합니다. 여왕벌과 같이 핵인싸 중심에 있는 아이와 가까운 동심원에 들어가려 애를 쓰는 친구들도 많고요.

여러분이 이런 바보 같은 관계 방식에 너무 애를 쓰지 않으면 좋겠습니다. 인간의 삶은 피라미드와 같은 강약 관계로 인해 더 고통받습니다. 탑티어에 있으면 당분간 우쭐한 기분은 들겠지만, 인생을 더 멋지게 살아갈 가능성은 더 희박해집니다. 나중에 '학폭 미투' 당하고 인생 쫑나는 수가 있습니다만, 그것보다 더한 것은 그런 오만심이 점점 마음에 곰팡이를 슬게 하고 제대로 된 관계를 맺지 못해 나중에는 곁에 있는 사람들이 모두 떠나고 없어질 겁니다. 설사 나중에 반성하는 시간이 온다고 해도 돌이킬 수 없는 과거를 평생 죄책감으로 가지고 살아가야 합니다.

나를 존중해주는 친구를 만날 수 있는 가장 확실한 방법

만약 빵셔틀을 하면서 쭈구리하게 살고 있다면 꾸역꾸역 학교를 다니는 것보다 차라리 자퇴를 하고 검정고시를 치는 것도 나쁘지 않습니다. 어른들을 믿고 도움을 청하고, 자신이 당하는 일을 부당하게 여겨 적극 해결하겠다고 나서야 합니다. 그러나 굴욕스러움에 힘겨워하면서도 학폭 신고 해봤자 부모님도 선생님도 제대로 안 들어줄 거라며 믿지 못하고 나쁜 놈들을 징벌할 시도도 못하겠다면 차라리 자퇴하는 게 더 깔끔하겠죠.

동심원 관계의 밖에 머물며 살아도 즐거울 수 있습니다. 아싸라서 짜쳐 사니까 스스로 지질해 보이고 슬프다고요? 그러면 조용히 책을 읽거나 좋아하는 음악을 들으며 학교생활을 흘려보내세요. 말 걸어지지 않으면 차라리 신비주의 컨셉이 좋습니다. 세상에 나오면 훨씬 더 다양한 장면에서 더 많은 사람들을 만날 수 있고, 그곳에는 피라미드도 동심원도 훨씬 연하게 작용합니다. 물론 직장에 가면 직급에 따른 서열이 있고, 거기에도 친소(親疏)관계가 있지만 그건 지극히 업무적이거나 개인적인 관계일 뿐입니다.

어떤 일을 할 때 나의 의도를 정확하게 아는 것은 그 일로 인한 좌절이나 고통을 상당하게 줄여줍니다. 이것을 '성찰'이라고 할 수 있겠죠. 만약 여러분들이 앞으로 살아가면서 또는 최근에도 타인에게 관심 받는 존재가 되고 싶어서 이런저런 노력을 하고 힘겨워했다면 내가 사람들로부터 말 걸어지지 않는 외로움을 견디지 못하는 것은 아닌지 성찰해보면 좋겠습니다. 서열이나 동심원의 관계 안으로 들어간다고 해서 외로움 자체는 해결되지 않습니다. 관계의 결핍으로 인한 외로움을 제대로 해결하는 것은 진심으로 나를 존중해주는 좋은 친구가 있어야만 가능합니다.

이제, 해결책도 이야기해볼까요. 말 걸어지는 존재가 되기 위한 가장 좋은 방법은 먼저 타인에게 말 거는 것입니다. 그것도 아주 잘 말을 걸어주는 사람이라면 여러분은 나중에 좋은 친구들이 생길 가능성이 높습니다. 정말 마음에 드는 친구를 찾았는데, 그 친구와 친해지고 싶다면 먼저 그 아이를 한 번 잘 살펴보세요. 내게 필요한 것이 있는 것처럼 그 친구에게도 필요한 것이 있을 겁니다. 또는 그 친구가 무엇을 좋아하고 싫어하는지 알게 될 것입니다. 관심과 애정을 가지고 그 친구를 살펴보다가 슬며시 말을 걸어보는 거죠. 천천히 조금씩요.

기억하세요, 인간은 누구나 말 걸어지는 존재가 되고 싶어 합니다. 그리고 인간은 삶의 어느 순간에도 외로움을 느끼지 않는 적이 없고요. 그러니 누군가가 조용히 내게 관심을 가지고 말을 걸어온다면 마다하지 않을 겁니다. 말 걸어지는 존재가 되는 가장 좋은 방법은 말 걸어지고 싶은 사람들에게 말을 걸어주는 것입니다. 우리는 모두 외로우니까요.

23

폭력과 상처, 고통이
내 삶을 망가뜨리게 두지 마

가해자들이 갖는 나약한 전능함

이제부터 이야기할 주제는 야만스러운 폭력입니다. 내가 생각하는 야만에 대한 정의는 이렇습니다. '쾌락을 목적으로 한 폭력'. 표준국어대사전에서는 야만을 '① 문명의 정도가 뒤떨어지고 미개한 상태. ② 교양 없이 무례하고 사나움'이라고 말합니다. 국어사전의 뜻과 제 정의는 사뭇 다르죠. 21세기 한국을 사는 우리 중 그 누가 문명의 정도가 뒤떨어진 미개한 인간으로 살고 있을까요? 아무도 없죠. 야만적 행동을 일컬어 단순히 교양 없고 무례하여 사납다고 하면 너무 점잖은 표현인 것 같습니다.

힘 약한 학우 한 명을 점찍어 침을 뱉고, 책을 찢고, 돈을 뺏고, 술담배 심부름을 시키고, 집단으로 구타하고, 패드립으로 친구의 부모님까지 능멸하는 행동이 미개하다거나 문명의 혜택을 못 받았다거나 교양이 없어서 무례하다고 말하는 것은 지나치게 점잖지요.

이 무도하고 파괴적인 행위를 달리 표현할 방법이 없어서 가장 근접한 단어로 '야만'이라는 단어를 씁니다만, 그 정의는 국어사전과 달리해야 할 것 같습니다. 위에서 열거한 왕따와 일진들의 행동은 쾌락을 얻고자 하는 것 이외에 다른 목적을 찾을 수가 없습니다. 돈 몇 푼을 뺏어서 얼마나 부자가 되겠으며, 빵셔틀을 시킨다고 얼마나 팔자가 피겠습니까? 목적은 다른 데 있습니다.

가해자들도 명확히 인지하는지 모르겠지만 그들은 피해자가 힘겨워하는 모습을 보면서 희열을 느낍니다. 타인의 고통을 즐기는 거죠. 자신 앞에서 약해지는 피해자, 우물쭈물하고 힘겨워하는 모습, 수치스러워하고 고통스럽지만 아무런 대항도 하지 못하는 나약함을 보며 쾌감을 느끼는 겁니다.

미국의 예술비평가이자 소설가인 수전 손택은 자신의 저서

《타인의 고통》에서 "폭력을 당하게 되면 그 사람은 숨을 쉬는 생생한 인간에서 사물로 변형되어버린다"라고 말합니다. 내가 말하고자 하는 바와 깊게 연결됩니다. 어떤 존재를 다른 존재로 변형시키는 것은 굉장한 능력을 가져야만 가능합니다. 가해자는 다른 한 사람에게 폭력을 가해서 나약하고 쩔쩔매며 방어하기에 급급한 '사물'로 변형시키는 과정을 보면서 자신이 어떤 전능함을 가졌다고 착각하게 될 겁니다.

이런 가해자들은 내면이 깊게 상한 상태인데, 이들의 마음 안에는 자신의 가해로 만들어내는 폭력 피해와 동일한 경험을 가지고 있습니다. 자신이 누군가에게 통제와 여러 가지 폭력의 대상(사물)이 되어왔다는 뜻입니다. 그래서 자신의 수치를 덜어내기 위해 자신이 당한 수치를 타인에게 반복하며, 타인을 변형시킬 만큼의 '전능함'을 행사함으로써 자신이 대상, 사물이 된 사실을 만회하려는 아주 저열하고 어리석은 짓을 하는 겁니다. 그것은 자신에게 가장 익숙한 방법 즉, 자신이 당해온 방식입니다. 타인에게 고통을 주며 수치에 빠트리는 행위를 통해 자기의 전능감을 확인하는 희열을 얻습니다. 그래서 야만적인 폭력을 행사하는 사람들은 아주 악한 사람들이지만 사실은 아주 약한 사람들입니다.

피해는 불가항력이지만 도움은 청할 수 있어

굳이 가해자들의 폭력의 목적과 그 구조를 이렇게 분석해보는 이유는 피해자가 어떻게 해야 하는지에 대해 답을 주기 때문입니다. 어렵겠지만, 폭력의 피해를 당할지언정 그들의 목적에 놀아나지 않아야 합니다. 그들에게 쾌감을 주지 말아야 한다는 뜻입니다. 괴롭힘을 당할 때는 우선 고통스럽고 아프겠지만 일상에서는 가능하다면 몸을 더 꼿꼿이 하고 흔들리지 않는 모습을 보여야 합니다. 비록 피해자는 고통스럽지만 가해자들에게 쾌감을 주지 말아야 합니다. 물론 이 말을 실천하기가 쉽지 않을 겁니다. 무엇보다 물리적 피해를 당하고 있지만 최소한 내 마음은 지켜야 한다는 뜻으로 읽어주세요.

공정하지 않은 폭력의 피해자가 되었지만, 주먹은 가깝고 법은 멀리 있기에 이 상황으로부터 빠져나오는 것이 쉽지는 않겠죠. 집단적 괴롭힘의 피해자가 딱 한 번 당하고 바로 도움을 청하는 경우는 잘 없습니다. 가해자들도 교묘하게 자신의 폭력을 위장할 방법을 알고 있으니까요. 가해자들은 물의 온도를 서서히 높이듯, 가해의 정도를 점점 강하게 하면서 피해자를 심리적으로 굴복시키는 과정 자체를 즐깁니다. 그래서 피해자는 당장 이 일을 해결하지 못하고 몇 달 동안 또는 그것보다 더 오래 고통을 겪어야 하는 경우도 있습니다.

물론 피해자를 탓할 일은 결코 아닙니다. 왜냐하면 정말 주먹은 가깝고 법은 머니까요. 집단으로 폭력을 쓰던 놈들을 학폭으로 신고했는데 저녁에 학원 갔다 오는 길에 골목에서 그놈들을 만나기라도 한다면 얼마나 두렵겠습니까. 신고를 했는데도 선생님도 학교도 별로 관심을 기울이지 않고, 그 무리와 같은 반에서 계속 생활해야 한다면 이건 최악이죠. 게다가 겁에 질린 피해자는 그 나쁜 놈들을 선생님도, 경찰들도, 법도 제압하지 못할 것이라고 생각합니다.

이렇게 피해자의 입장에서는 멀리 있는 법이 당장 생활 곳곳에서 자신을 지켜주지 못한다고 생각하기에 선뜻 도움을 청하기가 어려울 겁니다. 그래서 많은 피해자들은 종종 누구에게도 도움을 청하지 못한 채로 혼자서 그 야만을 감당해냅니다.

말해봤자 소용없다고 생각하는 또 다른 이유는, 피해자가 감각하는 가해자의 위상이 너무 크기 때문입니다. 보통 피해자들은 착하고 여린 사람들이 대부분입니다. 그에 비해 가해자들은 '막가파'에다가 덩치도 크고 무슨 짓을 할지도 모릅니다. 게다가 어떤 가해자들은 집도 잘살고 얼굴도 잘생기고 운동도 잘하고 심지어 공부도 잘합니다. 그래서 가해자의 폭력과 권력의 크기에 압도되어 있을 때가 많습니다. 가해자들은 결코 제압할 수 있는 대상이 아니라고 과대평가하면서, 마음도 쉽사리 져버립니다. 마음이 지면 아무것도 하지 못합니다. 그래서는 안 됩니다.

이렇게 생각해보세요. 가해자가 아무리 극악무도한 아이라도 어른의 눈으로 보기에는 그냥 중딩이거나 좀 덩치 큰 고딩일 뿐입니다. 이 세상은 열다섯 살이나 열여섯 살 몇 명을 제압하기에 충분한 체제를 갖추고 있습니다. 가해의 정도에 맞게 징벌할 여러 가지 제도도 있습니다.

그리고 무엇보다 통쾌한 것은 이제는 SNS나 개인 방송 등, 여러 가지 매체를 통해 10년 전 20년 전 학교폭력도 흘려보내지 않고 그 가해자들을 '박멸'하는 일들도 종종 있습니다.

이렇게 생각해야 합니다. 피해를 당하는 것은 불가항력이지만 도움을 청하는 것은 여러분의 선택입니다. 도움을 청했는데 거절당했던 피해자들이 옛날에는 아주 많았습니다. 하지만 이제 여러분들도 잘 알다시피 학교폭력에 대응하는 어른들의 폭력감수성 또는 민감도가 많이 높아졌습니다. 한 군데 도움을 청해서 안 되면 또 다른 곳에 하면 됩니다. 도움을 청할 곳은 많습니다. 그러니 두려워 마세요.

용서가 안 되는 사람들은 용서하지 말자

용서는 아무 때나 하는 것이 아닙니다. 가해자가 진심으로 잘 못을 자백하고 용서를 구할 때 하는 겁니다. 물론 아주 인품이 훌륭한 사람들은 자신의 아픈 경험을 잘 흘려보내고 가해자들을 마음에서 완전히 용서하는 경우도 있습니다. 하지만 우리 같은 오징어들은 섣불리 성인(聖人) 흉내를 내면 안 됩니다.

용서하지 말아야 할 인간들은 용서하지 말아야 합니다. 오히려 그 경험을 마음에 품고 살아야 합니다. 다시 당하지 말아야 하고, 나도 누구에게도 폭력의 상처를 입히지 않기 위해서 그 아픈 경험을 품고 살아야 합니다. 그 어떤 경우에도 나의 능력을 이용하여 타인을 착취하거나 타인의 고통을 통해 나의 쾌락을 얻으려는 야만인이 되지 않기 위해서 그 피해의 경험을 잘 간직해야 합니다.

이것이 가장 중요한 것 같습니다. 나의 상처를 어떻게 내 삶을 위해 잘 사용할 것인가 하는 것 말입니다. 고통을 겪은 사람이 자신의 고통을 타인에게 전가하는 것이 아니라, 그 누구도 같은 고통을 겪지 않도록 세심하게 살피며 살아가는 사람이 되자는 말입니다.

하지만 복수는 언제든지 할 수 있습니다. 만약 시간이 흐른 뒤에라도 복수를 원한다면 운동을 하세요. 격투기를 배워서 어느 정도 수준에 이를 때까지 계속 수련하는 것은 아주 좋은 복수의 방법입니다. 언제든 길에서 마주치면 어깨에 힘이 돋고 주먹에 탄력이 팽팽해지면서, "오랜만이다. 너 요즘도 그러고 사냐?" 하고 인사할 수 있으니까요. 정말 주먹질을 하는 것은 가장 하수의 복수지만 정 그리 하고 싶다면 말릴 수는 없습니다. 그러나 주먹질 한 번 하지 않고도 '그놈'에게 "눈 깔고 살아라" 한마디를 쎄게 박아주었다면 아마 '그놈'은 꽤 자존심이 상할 겁니다. 왜냐하면 당신이 즉자적인 폭력을 쓰지 않고도 말로 조질 수 있을 만큼 인품이 훌륭한 너무 멋진 사람이 되어있기 때문이죠.

그놈이 만약 그때 그 당시의 마음 상태로 살고 있다면 더 자존심이 상할 것이고, 조금이라도 개과천선해서 야만의 때를 벗었다면 미안하다고 사과할 겁니다. 누군가를 괴롭히기 위해 몸을 단련하는 것이 아니라 자신을 지키기 위해 수련하는 것은 건강을 위해서도 필요하지요. 나는 복싱을 몇 년 배웠고, 지금도 집에서 샌드백을 칩니다. (아, 내가 호신술을 배우는 이유는 아내로부터… 읍읍…) 예순 살이 다 된 몸도 근육이 팽팽해지고 종아리가 불끈거리고 주먹의 탄력이 느껴질 때, 내가 좀더 멋진 사람이 되는 것 같습니다. 자신을 수련함으로 얻는 이런 쾌감은 아주 좋은 기분입니다. 내 안에 있는 공격성이 야만으로 변질되지 않도록 잘 길들이는 최선의 방법이기도 하고요.

　가장 안전해야 할 학교에서 폭력과 괴롭힘이 끊이지 않는 현실을 보면 어른으로서 너무 미안하고 마음이 힘겹습니다. 이런 세상을 만든 것이 죄송스럽기도 합니다. 조금씩 더 나은 세상으로 만들기 위해 노력하겠습니다. 그러니 혹시라도 이 글을 읽는 친구들 중에서 폭력이나 괴롭힘으로 피해를 겪고 있다면, 부모님이나 가족, 학교, 청소년복지센터, 교육청 등 그 어느 곳이라도 좋으니 자신의 이야기를 들려주세요. 꼭 그래야 합니다. 그래야 더 나아집니다.

행복이
뭐지 모르겠지만
찾고 싶어요

...

우리 삶의 궁극적인 목적에 대하여

내가 괜찮은 사람이 된 것 같은
일을 찾으렴

24

땀 흘리지 않는 즐거움이 만연한 세상

박현성이라는, 내가 좋아했던 동생이 있습니다. 여러 해 전에 하늘나라로 가서 지금은 같이 술을 마실 수도 얘기를 나눌 수도 없습니다. 그는 복싱 국가대표 선발전에서 억울한 일을 당하기도 하고, 살면서 시난고난한 일을 많이도 겪었지만 한때는 자기 체급에서 권투 실력이 한국 최고였습니다. 그는 나이가 들면서 싸움이라는 의미의 권투(拳鬪)가 아닌 수련한다는 뜻을 가진 권도(拳道)를 창시해서 제자들을 많이 양성했습니다.

그의 삶은 다큐멘터리 영화로도 제작이 되었습니다. 술이 거나하게 취한 어느 날 한밤중에 내게 전화해서 "형, 나 책 내고 싶어, 글 쓴 거 있으니 읽어줘"라는 말을 듣고 "그러자, 책 내자"고 했는데 불과 몇 달 뒤에 하늘나라로 갔습니다.

그가 살아있을 때 이런 말을 했습니다. "쾌락이란 땀 흘리지 않고 얻는 즐거움이다." 두고두고 생각해보아도 참 맞는 말입니다. 가장 대표적인 쾌락은 마약, 도박 같은 것들이죠. '땀 흘리지 않고'라는 말은 자신의 노력은 최소화한다는 뜻입니다. 그런데 얻는 즐거움이 큰 것이라면, 꽤 자극적인 것들이라면 쾌락에 해당합니다. 여러분들이 동의하기 어렵겠지만 게임도 거기에 속할 것 같습니다. 게임을 하면 가만히 앉아서 몇몇 신체기관만 이용하면서 즐깁니다. 피시방 가면 컵라면도 삼겹살도 눈앞에 대령해줍니다. 1박 2일 하라고 해도 쌉가능이죠.

지하철을 타고 주변을 둘러보면 많은 어른들도 휴대폰 게임을 열심히 합니다. 이제는 아무도 책을 읽지 않습니다. 집 소파에 누워 넷플릭스로 영화를 보고, 음식으로 '배달의 만족'을 얻습니다. 점점 움직이지 않고, 땀 흘리지 않고 즐거움을 누릴 수 있는 방법들이 더 정교하고 다양하게 고안되고 시장에 출시되어 나옵니다.

이렇게 쾌락에 최적화된 삶을 만드는 데 혈안이 된 세상인

데, 가장 창의적이고 진취적인 K-Culture를 자랑하는 한국인
데, 그런데 왜 자살률은 이다지도 높고(청소년, 성인 자살률은
OECD국가 중 25년 동안 23번 1위), 전 국민의 8퍼센트가 정신
과 치료를 받고 있으며(2021년 410만 명 정신과 치료), 골방족
청년이 적어도 50만 명이 넘는다고 할까요?

돈을 많이 번다고 행복해지진 않아

사는 게 즐겁고 의미가 있다고 느끼면 자살 충동이나 우울증
을 경험하지 않을 겁니다. 그런데 많은 사람들이 사는 게 재미
가 없고, 사는 의미가 무엇인지 잘 모른다고 합니다. 사회적으
로 안정적인 삶을 사는 성인들에게서 이런 말을 들으면 마음이
답답합니다. 왜 그렇게 비관적이고 수동적으로 사는지, 좀더
긍정적이고 능동적으로 살면 될 텐데 왜 저러나 싶어서 답답한
게 아닙니다. 이런 사람들은 즐거움을 찾아서 사는 삶이 무엇
인지 아예 잘 모르는 경우가 많기 때문입니다.

세상은 돈을 많이 벌어서 가만히 앉아 받아먹는 즐거움을 추
구하라고 하죠. 그러다 보니 돈을 벌면 세상이 즐거울 것이라
철석같이 믿고 열심히 살아왔습니다. 돈 버는 데 열중해서 돈

은 좀 벌었는데, 그다음이 없습니다. 맛집 투어, 럭셔리한 호텔에서 블링블링한 옷과 액세서리 착용 후 인증샷 인별에 올리기, 또는 술 마시고 노래방 가서 스트레스 해소하는 정도가 가장 흔한 즐거움이 될 겁니다. 이런 소비적·소모적 즐거움을 즐기지 말라는 얘기는 아닙니다. 일상을 환기하기 위해, 또 사회적 관계를 돈독하게 만들기 위해 가끔은 필요한 일입니다. 다만 이런 것만이 삶의 즐거움이라면, 이것은 너무 일회성이어서 오히려 하고 난 다음에 더 허탈해집니다. 매일 그렇게 살 수 있는 것이 아니라면 이런 플렉스는 오히려 자기 처지를 더 한심하다고 느끼게 하는 부정적인 비교 경험이 될 뿐입니다.

즐겁게 살기 위해 좋은 취미를 가지는 것도 좋겠지만, 취미가 '장비빨'로 넘어가면 경쟁의 영역으로 변질됩니다. 좋은 경쟁, 선의의 경쟁이 아니라 '돈질'을 하는 경쟁이 됩니다. 그럼에도 불구하고 좋은 취미를 가진다면 일상에서 즐거움을 느낄 수 있는 시간이 늘어나겠죠. 좋은 일입니다.

그런데 이보다 좀더 깊은 의미의 즐거움, 삶 자체를 즐거움으로 인식할 수 있게 하는 즐거움도 있습니다. 프랑스의 대통령이었던 조르주 퐁피두는 자신의 공약집 《삶의 질》에서 프랑스 중산층의 기준을 이렇게 정합니다. 외국어를 하나 이상 유창하게 구사하기, 직접 즐기는 운동을 하나 이상 하기, 직접 연주할 수 있는 악기를 하나 가지기, 자신만의 레시피로 손님을 대접할 수 있는 요리를 하나 이상 하기, 약자를 돕는 활동과 사회 정의를 실현하기 위한 연대 활동을 하기, 끊임없이 배우고 성장하기 위해 노력하기, 경제적 안정을 이루기입니다. 50년 전 유럽 국가의 대통령이 밝힌 중산층의 기준인데요, 현재 한국 사회를 사는 우리도 눈여겨보아야 할 참고자료인 것 같습니다.

좀더 괜찮은 내가 되게 만드는 것 찾기

자꾸 내 얘기를 해서 좀 미안한데요, 틀딱이라 생각해도 좋으니 한번 더 들어봐주세요. 외국에서 공부할 때 일입니다. 두 번째 석사 과정 중이었는데 둘째 아이가 태어났습니다. 경제적으로 너무 곤궁해졌습니다. 이런저런 이유로 상황이 아주 나빠졌습니다. 게다가 해야 할 일은 산더미같이 많았습니다. 영어표현으로 치면 'worse than death', 죽을 지경을 넘어, 죽는 게 더 낫겠다 싶을 정도로 힘들었습니다. 무엇보다 경제적인 어려움이 너무 컸습니다. 그리고 한국의 IMF로 인해 상황이 더 나빠졌습니다. 파트타임으로 버는 돈과 장학금으로는 생활을 감당할 수 없었기에 밤에 할 수 있는 알바를 찾았습니다.

지역 신문의 구인 광고란을 훑어보던 중에 암 협회에서 자원봉사자를 모집한다는 작은 광고를 봤습니다. 시간을 쪼개서 돈을 더 벌어야 하는데, 마음은 거기로 향했습니다. 결국 나는 암 협회에 가입하여, 항암치료를 받아야 하는데 운전을 할 수 없는 환자들을 병원에 모셔드리거나 암환자 특별식을 집으로 배달해드리는 자원봉사를 격주로 하기로 했습니다. 그 일은 5년 넘게 이어졌습니다. 박사 과정을 하느라 너무 바쁘고 힘든 와중에도 그 일을 계속했습니다.

내 삶이 가장 나쁜 상황일 때, 가장 아픈 분들을 만나는 일은 정말 놀라운 즐거움을 내게 선사했습니다. 그런 선물을 받으리라고는 상상도 하지 못했습니다. 집에서 병원으로, 다시 집으로 모시고 가는 동안 그분들과 나누었던 이야기들, 어쩌면 삶의 마지막 순간을 마주하고 있던 분들이 삶에 대해 죽음에 대해 무슨 생각을 하고 있는지를 듣고 이야기 나누었던 그 경험은 평생 잊지 못할 기억입니다.

항암치료를 받느라 뼈만 남은 80살 넘은 할아버지가 저를 보면 지어주시던 언제나 환하고 아름다운 미소, 이제 서른다섯인데 장가도 못 가보고 죽는 것 아니냐며 항상 웃긴 농담을 하던 내 또래의 청년, 항암 환자를 위한 특별식을 배달하러 가면 거동도 불편하신데 내 손을 끌어 집에 데리고 와서 차와 쿠키를 내오시던 할머니의 다정함, 그리고 무척이나 정갈하고 깨끗하게 정돈된 그 할머니의 집, 먼저 간 아내를 만날 날을 생각하면 죽음도 나쁘지 않다며 이생에서 50년 같이 살았는데 천국에서는 기한 없이 같이 살 수 있을 거라며 죽음을 기쁨으로 받아들이시던 할아버지 등, 다 열거할 수 없는 감동을 경험했고 아직도 내 마음에 잘 간직하고 있습니다. 그리고 그 일을 하면서 나는 가끔, '내가 조금 더 괜찮은 사람이 되어간다'라고 생각했습니다. 이런 경험을 즐거움이라고 이야기해도 되지 않을까요?

(오른손이 한 일을 왼손도 모르게 하라고 했기에 가족들 외에는 지금껏 잘 말하지 않았습니다. 그런데 오른손이 한 일을 왼손도 하면 좋을 것 같습니다. 여러분들도 약자의 어려움에 공감하고 여러분의 삶이 그 어려움에 연대하는 즐거움을 찾아 행하면 좋겠습니다.) 물론 이런 봉사 행위만이 즐거움을 주는 것은 아니죠. 사회적 약자와 연대하는 일은 자신을 꽤 괜찮은 사람이라고 스스로 인정하게 해줍니다. 사회적 참사나 자연 재해로 힘겨워하는 분들, 장애가 있는 분들, 경제적으로 힘겨움을 겪고 있는 분들, 이런 사회적 약자들과 내가 가진 재능을 연결고리로 해서 연대하는 일은 짐작하지 못할 정도로 나 자신을 확장시킵니다. 이런 일을 즐거움이라 불러도 아무 손색이 없을 겁니다.

취미는 나 혼자만 느끼는 기쁨이죠. 이것도 아주 중요한 삶의 구성 요소입니다. 즐기지 않을 이유가 없습니다. 거기에 더해 나의 노력으로 나와 다른 사람 여럿이 같이 기뻐할 수 있다면 그것은 삶의 곤궁함을 오히려 즐거움으로 승화시키는 일입니다.

쇠사슬의 강하기는 가장 약한 고리의 강도만큼입니다. 아무리 강한 쇠고리로 연결해놓은 쇠사슬이라 해도 거기에 아주 약한 고리가 하나만 있으면 그 사슬은 그 약한 고리만큼밖에 견디지 못합니다. 한 사회의 강함도 가장 약한 사람들이 자신을 방어할 수 있는 그 정도밖에 되지 못할 겁니다. 그러니 약자와 연대하는 일은 내가 살아가야 할 세상을 더 강하게 만드는 일이 됩니다.

인간은 원래 즐거움, 기분 좋음을 추구하면서 살고 싶어 합니다. 그리고 인류가 협업, 협력하지 않았다면 이렇게 진화하지 못했을 겁니다. 다만 권력자들, 자본가들이 나서서 세상을 이렇게 경쟁적으로 만들어놓고 계속 경쟁하고 계발하고 발전하라고 종용합니다. 지금 이러고 있을 때가 아니라고, 앞으로 더 큰 위기가 찾아올지도 모른다고 협박도 합니다. 아주 옛날부터 여러 가지 자료를 들이대며 세상이 더 나빠질 거라고 우리를 불안하게 만듭니다. 그래서 다른 사람을 돌볼 마음의 여유도 사라지고, 즐거운 삶을 만들 수 있다는 생각도 못하는 것 같습니다.

　나중에 어른이 되어 경험해보세요. 경쟁에서 이기면 우쭐한 기분이 들고 성과급을 타면 '내가 좀 능력이 좋구만' 하는 생각이 들며 자신감도 올라가고 기분도 좋아질 겁니다. 하지만 '내가 좀 괜찮은 사람이 되어가네'라는 생각은 경쟁에 승리하는 것으로는 선사받지 못할 일입니다.

　아우슈비츠에서 살아남은 유대인 정신과 의사 빅터 프랭클은 그 죽음의 수용소에서도 삶의 의미를 찾을 수 있었고 그래서 살아남았다고 말합니다. 좋은 삶은 즐거운 일들을 스스로 만들어야 가능합니다. 바로 나 자신이 괜찮은 사람으로 여겨지는 일이 바로 그것입니다.

　여러분들이 살아가면서 '내가 좀 괜찮은 사람이 되어가네'라는 생각이 드는 일을 찾는다면 정말 기쁘겠습니다. 그때야말로 삶의 진정한 즐거움을 느끼는 순간입니다. 그 즐거움을 위해서 세상에 조금이나마 기여하는 노력을 할애하면 좋겠습니다.

25

제품설명서는 읽으면서
'자기 마음 설명서'는 왜 읽지 않을까

회복탄력성을 아시나요

10여 년 전부터 심리학 분야 중에서 한국 대중들에게 아주 핫
하게 관심을 받는 주제가 회복탄력성(Resiliency)이라는 학문
분야입니다. 간단히 말해 어떤 정신적인 타격으로 인한 좌절을
극복하고 일상을 회복하는 능력에 대한 연구입니다.

이 연구는 전쟁에 참전한 퇴역군인들의 심리적 고통과 정신
적 후유증이 심각하다는 것이 계속 발견되면서 유럽이나 미국
등에서 국가 차원에서 시작한 PTSD(외상 후 스트레스 장애) 연

구와 깊은 관련이 있습니다. 그 시작은 멀리는 제1차, 제2차 세계대전으로 거슬러 올라갑니다만, 본격적인 PTSD 연구 결과는 베트남전쟁 참전 군인들의 연구에서 발견됩니다. 여러분들이 태어나기 훨씬 전의 일이라 현실감이 좀 없을 겁니다.

베트남에서 일어난 전쟁에 미국은 3백만 명이 넘는 군인을 파병했습니다. 결국 미국의 패배로 끝났습니다만, 무엇보다 문제는 전쟁에 참전했다가 귀환한 병사들의 절반 이상이 우울증, 공황장애, 알코올중독, 분노조절장애, 자살, 자해, 조현병 등 참전하기 전에는 없었던 정신질환을 앓기 시작한 거죠. 이런 상태를 겪는 참전 군인들의 심리상태를 통칭해서 PTSD라고 불렀습니다.

그런데 관점을 조금 달리 보면 아주 흥미로운 상황이 하나 있습니다. PTSD를 겪지 않는 퇴역군인들이 있다는 것인데, 이들은 어떻게 괜찮을 수 있는가 하는 것입니다. 죽고 죽이는 전쟁터에서 몇 년을 같이 전쟁을 치렀는데 왜 누구는 심각한 PTSD에 시달리고 누구는 일상생활을 하는 데 문제가 없는가 라는 의문이 이 회복탄력성 연구의 핵심이었습니다.

그러면서 점점 이 회복탄력성 연구는 PTSD뿐 아니라 시험 낙방, 실연이나 중요한 사람과의 이별, 사업 실패, 재난이나 사고로 인한 충격 등과 같은 일상에서 겪을 수 있는 좌절을 극복하는 데까지 관심을 확장합니다. 어떤 심리적 전략이 마음의 통증에서 벗어나게 돕는가, 어떤 태도를 가진 사람들이 좌절을 더 힘있게 극복하는가, 이런 발견들을 어떻게 심리치료의 방편으로 응용할 수 있을까 하는 것이었습니다. 결국 회복탄력성 연구에서 크게 세 가지의 상위 요인과 각 상위 요인에 속하는 세 가지의 하위 요인을 찾아냅니다. 모두 아홉 가지의 하위 요인인데요, 아래와 같이 정리할 수 있습니다.

1. 자기조절능력
❶ 감정조절력 ❷ 충동조절력 ❸ 원인분석력

2. 대인관계능력
❶ 소통능력 ❷ 공감능력 ❸ 자아확장력

3. 긍정성
❶ 자아낙관성 ❷ 생활만족도 ❸ 감사하기

아홉 가지 모두를 설명하자면 너무 길 것 같으니 두 가지 요인, 원인분석력과 자아확장력에 대해서만 설명을 하겠습니다. 나머지 일곱 가지 요인은 제목만 봐도 좀 이해가 될 것 같습니다.

원인분석력: 할 수 있는 것과 할 수 없는 것의 구분

원인분석력이란 왜 이 문제가 발생했는가를 파악하는 것이 되겠죠. 문제/실패의 원인을 아는 것은 약점을 강점으로 보완하기 위해 필요한 작업이고, 심리적 회복에도 도움이 됩니다. 그런데 여기에서 더 중요한 것은 내가 할 수 있었던 것과 내가 할 수 없었던 것을 구분해내는 것입니다. 즉, 실패의 내적 요인과 외부적 조건을 구별하고 내가 책임질 것과 내 책임이 아닌 것을 분리해서 생각해야 한다는 것입니다. 시험에서 나쁜 성적을 받았는데, 내가 공부를 제대로 안 해서 그런 결과를 받았다면 이것은 자신이 책임질 일이죠.

그런데 자신은 평소의 점수를 받았지만, 어쩌다 보니 더 좋은 점수를 받은 경쟁자들이 예상보다 더 많이 응시해서 내가 낙방했다면 이것은 자신의 잘못이 아닙니다. 내가 통제할 수 없는 외적 조건 때문에 발생한 일이니 자신을 탓할 일이 아닙니다. 그렇게 되면 좌절할 필요도 없어집니다. 하지만 내가 받은 성적이 평소보다 열심히 하지 않아서 시험에 떨어졌다면 그것은 실패의 요인이 자신에게 있는 셈이죠. 만약 시험에 집중하지 못해서 평소보다 점수가 낮다면 시험에 집중하지 못한 요인을 찾아야 합니다. 지나치게 긴장을 해서라면 긴장을 상승시키는 심리적 요인이나 신체적 예민함이 있는지 분석해서 대응

방안을 찾아야 하겠죠.

이렇게 원인을 잘 분석해서 내 것과 내 것 아닌 것으로 구별해내면, 좌절해야 할 필요가 사라집니다. 뭔가를 하다보면 예기치 못한 일이 발생할 수도 있습니다. 문제는 이런 상황을 자신이 재수가 없다거나, 자기 삶이 축복받지 못했다거나 하는 곳까지 생각을 몰고 가는 경우들입니다. 이런 비합리적인 자기혐오에 빠지는 것은 좌절을 이겨내는 데 아무런 도움이 되지 않습니다. 실패가 우리에게 원하는 것은 자기 비하가 아니라 새로운 배움과 극복의 경험이니까요.

자아확장력: 새로운 경험에 열린 자세

자아확장력은 제목만으로는 잘 이해가 안 될 겁니다. 아주 편의적으로 말하자면 새로운 경험에 열려있는 자세를 말합니다. 자신의 판단이나 생각이 다 옳고, 항상 자신이 정답이라고 생각하는 사람은 자아확장력이 약합니다. 정신분석 작업에서 변화를 만들어내기가 어렵고 '말이 잘 안 통하는' 느낌을 주는 사람들 중에 공부를 아주 잘한 사람들이 많습니다. 초중고를 다니면서는 항상 전교에서 톱급이었고, 대학교도 명문대를 나온 사람들이 보이는 특징적인 신념 중 하나는 '내가 틀릴 리 없다'입니다. 학교에 다니면서 시험문제에 틀려본 적이 별로 없고,

성적이 좋으니 주변 사람들에게서 잘한다는 칭찬을 항상 받았고, 대학교도 좋은 곳을 나와 좋은 직장에 다니는 삶을 살아오다보니 실패의 경험이 거의 없습니다.

시험만 잘 치면 거의 모든 것이 해결되는 20대 중반까지의 삶은 사실 아주 단순하죠. 하지만 서른을 넘기면서부터는 암기력이나 지식만으로 해결되지 않는 일들이 너무 많이 생깁니다. 연애도 힘들고 사회에서 인간관계에도 정답이 없고 게다가 결혼해서 자녀를 낳아 가정을 꾸려가는 일은 기쁘고 즐겁기도 하지만 참으로 난감한 일투성이입니다. 그런데 자신은 틀릴 리가 없다는 비합리적인 신념을 가지고 있다가 어느 날 실패하게 되면 회복하기가 아주 힘겹습니다. 특히 그것이 인간관계와 같이 수학적 계산이나 정해진 답을 따라가서 해결되기 어려운 영역으로 들어가면, 실패나 좌절의 예방접종을 받아본 적이 별로 없는 사람들은 오히려 더 당황하고 난감해합니다.

마음에도 면역력이 있습니다. 어릴 때 가끔 실패하고 힘겨운 일도 겪으면서 그것을 극복해나가는 소소한 경험들을 해봐야 합니다. 흡사 천연두 균을 어린 몸에 주사해서 항체를 만들어주듯이, 실패와 좌절에 대항하는 항체를 기르려면 어릴 때부터 면역력을 길러야 합니다. 어릴 때 작은 실패를 극복해본 경험이 있어야 커서 큰 실패를 극복할 수 있습니다.

자아확장력에 대해 조금 다르게 설명해보자면, 하나의 문제를 해결하는 데는 다양한 해법이 있을 수 있다는 것입니다. 예를 들어 어떤 사람은 새로운 전자 기기를 사면 항상 그런 것을 잘 아는 사람에게 물어보고 작동법을 배웁니다. 그런데 어느 날 그 사람이 새로운 가전제품을 샀는데 물어볼 사람이 없어서 고민하다가 제품설명서의 깨알 같은 글자를 하나씩 읽으면서 작동법을 배워나갔습니다. 그렇게 복잡한 작동법을 제법 다 익히고 나서, 그 사람은 한 가지를 깨달았습니다. 지금껏 작동법을 다른 사람에게서 배웠던 이유는 메뉴얼을 보면서 복잡한 작동법을 이해할 지적 능력이 자신에게 없다고 생각했기 때문이라는 겁니다. 그런데 복잡한 설명서를 보고 이해하고 작동시키는 걸 보면서 자신이 충분히 능력 있는 사람임을 확인할 수 있었던 거죠. 반대로 어떤 사람은 문제가 생기면 인터넷이나 책, 자료를 통해 해법을 찾아봅니다. 누군가와 상의해서 더 좋은 해결책을 찾는 것은 자존심이 상해서 하기 싫다고 합니다. 이것은 자아확장력을 억압하는 일이죠.

자아확장력이란 계속 새로운 경험을 하는 자세를 말합니다. 문제 해결을 위한 답을 찾는 것뿐 아니라 그것을 찾아내는 다양한 과정도 포함합니다. 내가 틀릴 수도 있고, 내가 모르는 해법이 얼마든지 있을 수 있고, 지금껏 해온 것과는 다른 방식이 내가 짐작하는 것보다 훨씬 더 많다는 것을 염두에 두어야 합니다.

이런 분석력이나 확장력과 같은 요인들은 좌절을 겪어서 만들어지기도 하지만 평소에 이런 태도를 갖추려고 노력하는 편이 훨씬 더 효과적입니다.

좌절도 없고 실패도 없다

나머지 일곱 가지 요인을 다 설명하기에는 분량이 너무 많아지고, 이 책의 성격과도 맞지 않은 것 같아서, 두 가지 요인만 설명했습니다. 회복탄력성과 관련된 서적들이 여러 권 출판되어 있으니 만약 더 관심이 있다면 찾아 읽어보기를 권합니다.

실패가 두려운 것은 좌절을 맛보는 것이 힘겹기 때문이죠. 원하는 것을 얻지 못하거나 일이 뜻대로 되지 않았을 때, 내일이나 다음을 기약하기보다는 이것이 그리 큰일이 아니라고 생각해보세요. 죽을 일만 아니면 그리 큰일은 별로 없습니다. 우리에게 정말 큰일은 이 실패에서 아무것도 배우지 못하고 넘어가는 것입니다(물론 성공했을 때도 그 성공의 요인들을 정확하게 알아야 합니다). 좌절은 씁쓸합니다. 힘도 빠지고요, 욕도 나옵니다. 원망할 곳도 찾게 되고, 남 탓도 할 수 있습니다. 딱 그 정도만 하고 난 뒤에, 이 결과에서 내가 책임져야 할 것과 내가 어찌할 수 없는 것을 구분합니다. 그리고 이 결과 또는 원인의 해결을 위해 새로운 방법을, 새로운 태도를 찾아보는 겁니다. 제대로 된 원인 분석은 마음을 가볍게 만들어주고, 새로운 경험을 찾고 나면 그것이 나를 힘있게 만들어줄 겁니다. 그러면 좌절도 없고 실패도 없습니다.

26

이야기해!
그리고 다시 살아나

피해자에게 침묵을 강요하는 모든 폭력

여러 명의 가출 여고생들을 상담하다가 만난 R의 이야기입니다. R은 초등학교 고학년 때 중학생인 오빠에게 성추행을 당했는데, 처음에는 그게 무슨 일인지 잘 몰랐습니다. 그 일을 당할 때마다 기분이 안 좋았지만 오빠가 힘으로 제압하면서 절대로 아무에게도 말하지 말라고 했기에 어른들에게 도움을 청할 엄두를 못 냈습니다. 여러 번 거부했지만 오빠의 위협과 완력이 너무 겁나서 나중에는 포기하게 되었습니다. 그러다가 정도가 점점 세져서 손으로 성기를 만지고 접촉하는 수준을 넘어서기 시작했습니다.

도저히 참을 수 없어서 엄마에게 조심스레 말했습니다. "오빠가 자꾸 내 팬티 안에 손을 넣는다"고 쭈뼛대며 말을 했습니다. 그러자 엄마가 갑자기 화가 난 얼굴로 R을 확 낚아채서 입을 틀어막고는 방으로 데려갔습니다. 그러고는 "너 한 번만 더 이 이야기 입 밖에 꺼냈다가는 죽을 줄 알아"라고 잔뜩 붉어진 얼굴로 화를 내며 낮은 목소리로 으르렁거렸습니다.

그리고 그날부터 오빠의 나쁜 짓은 멈추었습니다. 아마 엄마가 오빠에게 뭔가 이야기를 한 것 같았습니다. 하지만 R은 왜 엄마가 자기에게 화를 내는지 도무지 알 수 없었습니다. 뭔가를 엄청 잘못한 기분이 들었는데, 무엇을 잘못했는지도 모르겠고 억울함과 함께 엄청난 불쾌감이 가슴에 가득 차올랐습니다. 왜 그래야 하는지 몰랐지만 너무 수치스럽고 창피하기도 했습니다.

중학생이 되면서 남자와 여자의 성에 대해 알게 되고, 성행위가 무엇인지도 어렴풋이 알게 되었습니다. 자연스레 오빠가 한 짓이 무엇인지도 정확히 깨닫게 되었습니다. 오빠가 한 짓이 끔찍하게 느껴지고 소름이 끼쳤습니다. 하지만 R이 정말 괴로워한 대목은 왜 엄마가 자신에게 그렇게 화를 낸 것인지, 그리고 왜 이것을 말하면 죽을 일인지 알 수 없었습니다. 아무에게도 말하지 말라고, 오빠나 엄마는 똑같은 내용의 협박을 했습니다. 자신이 뭔가를 엄청 잘못한 것 같았는데, 아무도 "네 잘못이 아니야"라고 말해주지 않았습니다. 오히려 자신이 죽을죄를 진 것처럼 돼버렸습니다.

R이 고등학생이 될 때까지 오빠는 집에서 아무런 징벌도 받지 않고, 오히려 더 대접받으며 잘 먹고 잘 살았습니다. R이 무슨 짓을 당했는지 잘 아는 엄마도 아무런 일 없다는 듯이 아들을 대했습니다. R은 이런 집을 참을 수 없었습니다. 이런저런 일들이 더 겹쳐지면서 결국 R은 집이 안전한 곳이 아니라고 느껴졌고, 엄마가 미워서 견딜 수 없게 되었습니다. 결국 R은 집을 나오게 되었습니다.

또 다른 이야기입니다. E는 유치원을 다녀오는 길이었습니다. 여느 날처럼 큰길가에 내려서 집까지 걸어가고 있었는데 어떤 아저씨가 E에게 다가왔습니다. 자기가 강아지를 잃어버렸는데 같이 좀 찾아달라며 아파트 단지 사이의 작은 숲으로 같이 가보자고 했습니다. 강아지를 좋아하는 E는 아무 생각 없이 따라갔습니다. 거기서 그 남자는 E의 몸을 만지고 속옷에 손을 넣는 등, 유사 성행위를 했습니다. 마침 지나가는 사람들의 소리가 크게 들리면서 그 남자는 황급히 달아났고, E는 도무지 뭐가 뭔지 잘 모른 채 너무 당황스러웠습니다. 집에 들어간 E는 엄마에게 방금 있었던 일을 아무 생각 없이 다 말했습니다. 그러자 엄마는 마구 화를 내면서 왜 거기에 따라갔냐며 E의 등짝과 종아리를 여러 차례 때렸습니다. E를 데리고 욕실로 가서 새 샤워 타월을 꺼내 살갗이 빨개질 정도로 마구 씻겼습니다. E가 아프다고 울어도 막무가내로 씻겼습니다. 그리고 다시는 남자들 곁에 가지도 말라고 화를 내며 꾸짖었습니다.

E는 R과 마찬가지로 자신이 무엇을 크게 잘못한 것같이 느껴졌습니다. 그리고 마음이 너무 불쾌하고 힘겨워졌지만 누군가에게 말하면 엄마가 자신에게 한 것과 같은 일이 또 벌어질 것 같아서 절대로 말할 수 없다고 생각했습니다. 그리고 E는 뭔가 자신이 엄청나게 더러운 것을 묻혀와서 자신이 더러워진 것이 아닌가 하고 생각하게 되었습니다. 고등학생이 된 E는 "남자 옆에는 얼씬도 하지 말라"는 엄마의 말이 가슴속 깊이 박혀있어서, 혹시 자신도 모르게 남자 애들이나 남자 어른과 말을 하거나 접촉하게 될까봐 항상 두려워하고 긴장했습니다. 늘 마음이 위축되어 있고 자신감을 잃어서 친구도 제대로 사귈 수 없었습니다.

이럴 때 여러분들은 어떻게 할 것 같습니까? 이런 상황에서 무엇을 가장 먼저 우선시해서 해결해야 할까요? 피해자인 딸을 오히려 2차 가해한 어머니를 불러다 혼내거나 교육을 시켜야 할까요, 아니면 저 가해자들을 잡아다가 엄벌에 처하는 것이 급선무일까요?

'네 잘못이 아냐, 힘든 건 당연해'

여기서 가장 시급히 해결해야 할 것은 바로 피해자의 마음을 치유하는 일입니다. 가장 먼저 피해자인 R과 E가 잘못한 것이 하나도 없다는 것을 아주 상세히 이해가 되도록 잘 설명하고 납득하도록 도와야 합니다. 사실 R과 E는 잘못한 것이 정말 하나도 없습니다. 전혀 없습니다. 아무런 잘못을 하지 않았습니다. 200번 강조해도 부족합니다. 잘못한 것이 없으니 수치스러워할 이유도 없습니다. 물론 더러워진 것도 아닙니다. 나의 몸과 정신은 누군가가 훼손할 수 없습니다. 오히려 E를 훼손당했다고 생각하게 한 것은 어머니의 대응 방식이었습니다. 그것도 어머니가 그리 생각한 것이지 E에게는 아무런 훼손도 일어나지 않았습니다.

성추행 또는 성폭행을 당한 사람은 자신이 피해자임에도 쉽게 그 사실을 털어놓지 못합니다. 마음이 두려움으로 무겁습니다. 뭔가 자신이 잘못한 것 같아서이기도 하고, 안심하고 말할 사람이 없어서이기도 합니다. 그래서 평생 이 일을 가슴에 꼭꼭 숨겨두고 살다가 어느 순간부터는 망각의 창고에 넣어두게 됩니다. 문제는 이런 경험이 의식되어 기억나지는 않더라도 한 사람의 성적 태도를 결정하는 데 아주 크게 영향을 미친다는 것입니다.

여러분의 어머니 또래쯤 되는 한 여성의 이야기입니다. 초등학생 때 친척아저씨로부터 성폭행을 지속적으로 당하고, 결국 엄마에게 이야기했지만 엄마는 큰 한숨을 쉬며 "말해봤자 분란만 일어난다. 네가 조심해라"라며 입을 닫아버렸답니다. 이 여성도 입을 닫아야만 했습니다. 아무도 도와주지 않을 것이라 생각했고, 자신이 조심하지 않아서 발생한 일이라고 여긴 거죠. 그 불쾌감, 찐득이는 감각, 남성 성기의 잔영 등이 떠오르지 않도록 기억을 꽁꽁 싸매서 가능한 깊은 곳에 묻어버렸답니다. 그리고 까맣게 잊고 성인이 되어 결혼도 하고 아이도 낳았습니다. 그런데 이 여성이 가장 힘겨운 것은 남편과의 잠자리였습니다. 엄밀히 말해 남편의 손이 닿는 것도 너무 싫고 힘겹다고 했습니다. 결혼생활 내내 남편에게 이런 자신이 미안하고 죄스러웠답니다. 남편을 싫어하는 것도 아니고, 남편과 다른 문제가 있는 것도 아닌데 자신이 왜 이러는지 모르겠다고 했습니다. 결국 이 여성은 30년도 넘은 성폭행의 경험을 기억해내게 되었습니다. 그리고 힘겹지만 그 기억을 꺼내 자신이 느꼈던 모든 감정과 생각들을 차근차근 드러내면서 결국 이것이 자신의 잘못이 아니라는 확신을 가지게 되었습니다. 그 끝에 이 여성이 묘사한 말이 참 인상적이었습니다. "선생님, 결계가 풀린 느낌이에요. 감옥에서 벗어났다는 표현으로는 부족해요. 성인이 되고 20여 년만에 처음으로 치마를 샀어요. 예쁜 색은 아직 감당이 안 되고 흰색 치마를 사서 입고 나갔다가 감기에 걸렸어요. 그래도 너무 기분이 좋아요. 내 잘못이 아니라는 거죠."

어린 시절 성추행 또는 성폭행을 당한 여성들(여성들보다는 적지만 남성들도 있습니다)의 경험을 들어보면 아주 특이한 점이 있습니다. 그 피해 경험을 누군가에게(주로 부모님이겠죠) 말하고 나서 그 어른이 아주 적절하게 잘 대응해주어서 그 일이 잘 해결되고 다시 안전감을 느끼게 되는 경우에 아이는 비교적 쉽게 회복이 됩니다. 어른이 그 아이에게 아무런 잘못이 없다는 것을 확인해주고, 마음을 잘 보듬어준 경우에 아이는 마음에 큰 상처를 입지 않습니다.

하지만 앞서 본 것처럼 오히려 2차 가해를 당한 경우에 훨씬 더 깊고 큰 상처를 안고 살아가야 합니다. 성인이 되어서 정상적인 관계의 성행위를 혐오하거나 두려워하여 회피하는 사람들이 적지 않습니다. 모두가 다 그런 성폭행의 경험 때문인 것은 아니겠지만 상당수의 사람들이 그것에 영향 받았다는 것은 분명합니다. 그들은 성인이 될 때까지 자신의 여성성(남성성)을 죽이고 감추고, 그것이 드러날까봐 두려워하며 살아갑니다. 원인도 모른 채 말입니다.

소리 내어 말할 때 고통에서 벗어날 수 있어

혹시 여러분들 중에서도 어린 시절 또는 지금 그런 폭행을 당하고 있다면 좀 주저되더라도 용기를 내서 믿을 만한 어른에게 이야기해야 합니다. 지금이 여러분의 상처를 아물게 하고 힘겨운 마음을 벗어낼 수 있는 가장 좋은 시기입니다. 어른이 되기 전에 가능한 신속하게, 그리고 효과적으로 이 문제를 해결하면 좋겠습니다.

그 믿을 만한 어른은 다름 아닌 성폭력에 대해 전문적인 상담사들입니다. 부모님을 가장 신뢰하면 좋지요. 그런데 이상하게도 부모님들이 이런 일의 대응에 미숙한 경우가 아주 많습니다. 오히려 부모님에게 말하는 것이 더 어렵게 느껴질 수도 있고요. 그렇다고 경찰서에 신고할 수도 없고, 병원에 바로 쫓아가기도 어렵습니다. 이럴 때 가장 신뢰할 수 있으며 전문적인 도움을 주는 어른들이 전문 심리상담사 선생님들입니다. 여러분들이 다니는 학교의 상담선생님이 만약 너무 가까이 있는 분이라 오히려 말하는 것이 내키지 않는다면, 여러분이 사는 지역에 다양한 기관의 선생님들이 여러분을 돕기 위해 기다리고 있다는 걸 기억해주세요. 예를 들면 아래와 같은 곳입니다.

│ 청소년상담복지센터 │

여러분들이 대면/비대면 상담을 받고 싶다면 추천할 수 있는 곳입니다. 전국의 시, 군, 구마다 거의 다 청소년상담복지센터가 있습니다. 검색을 해보니 경북 영양군, 전남 화순군, 충북 진천군같이 인구가 적은 군에도 이 기관이 다 있습니다. 그런데 몇몇 군데, 예를 들어 강원도 인제군, 양구군 같은 곳에는 없었는데요, 그런 경우에는 강원도청소년상담복지센터로 연락하면 선생님을 연결해줍니다.

│ 해바라기센터 │

전국에 17개 센터가 있으니 어느 지역에서건 상담을 받을 수 있습니다.

지역별로 전화번호가 있는데 굳이 적지 않습니다. 인터넷에 검색하면 모든 번호가 다 나옵니다.

그 외 여러분들이 손쉽게 상담을 신청할 수 있는 곳들입니다.

| 한국성폭력상담소 |

02-338-5801

평일 10시~오후 5시(점심시간 1시~2시)

| 한국여성의전화 |

02-2263-6464~5

평일 10시~오후 5시(점심시간 1시~2시)

| 한국남성의전화 |

02-2652-0456 / 02-2653-1366

평일 10시~오후 5시

| 생명의전화 |

1588-9191

24시간

도시가 아닌 시골에 사는 친구들이나 또는 신체적으로 이동이 어려운 친구들은 전화 또는 줌(Zoom) 같은 영상을 이용한 비대면 상담도 가능합니다. 철저하게 비밀이 보장되며, 피해자의 입장에서 모든 문제의 해결을 돕는 기관들이니 믿고 상의해도 됩니다.

폭력으로 인한 상처는 기억 밑바닥에 꼭꼭 숨긴 채 시간이 지나간다고 해서 사라지지 않습니다. 그리고 많은 시간이 흐르기 전에 치유 받아야 합니다. 가능한 성인이 되기 전에, 어릴 때의 상처를 해결하고 성인의 시기로 넘어가는 것이 좋습니다. 혹시 이 글을 읽는 친구들 중에서 그런 경험이 있다면 부디 용기를 내어서 앞서 언급한 기관에 계신 선생님에게 도움을 청하기를 간곡히 부탁합니다.

폭력 가해의 경험이 있는 친구들에게

성폭력 또는 폭력과 관련된 지침들을 보면 피해자들이 어떻게 대처해야 하고 피해자를 어떻게 돌봐야 하는지에 대해서는 많은 설명들이 있습니다. 그런데 성/폭력 가해자를 위한 조언들은 그리 많지 않아 보입니다.

혹시 자신이 성폭력 또는 성추행을 가한 경험이 있다면 겁내지 말고 이 글을 읽어주세요. 또한 성폭력이 아니더라도 친구를 괴롭히고 힘들게 한 적이 있는 친구들도 눈여겨봐주면 좋겠습니다.

어린 시절에 호기심으로 여동생이나 남동생의 몸을 몇 번 만지고 성적인 놀이를 한 것을 가지고 성폭력이라고 한다면 억울할 수도 있겠습니다. 서로 소꿉장난으로 엄마 아빠 놀이나 병원 놀이를 하면서 있었던 신체적인 접촉을 성폭행씩이나 되는 말로 표현한다면 거부감이 들 수도 있을 겁니다. 하지만 그 행위를 한 사람의 생각과 달리 당한 사람의 입장은 힘겨울 수도 있습니다. 장난으로 던진 돌에 맞아 죽은 개구리의 비유를 생각해보면 됩니다.

미국이나 캐나다, 한국을 포함하여 많은 나라에서 조사한 바에 따르면 성인 여성의 60퍼센트 정도가 최소한 한 번 이상의 성추행, 또는 성폭행을 당한 경험이 있다고 합니다. 그리고 대부분의 성폭력은 가족이나 친척, 친지, 이웃 등 피해자가 알고 있는 사람들이 저지르는 경우가 3분의 2 정도라고 합니다. 이렇게 많은 피해자가 있다는 것은 그렇게 많은 가해자도 있다는 뜻이겠죠.

혹시 이런 가해의 경험이 있다면 피해자에게 사과하고 용서를 구함으로써 피해자의 상처가 치유되도록 노력해야 합니다. 그리고 그 나쁜 경험이 여러분 자신을 해치지 않도록 자신도 잘 치유해야 합니다.

무엇보다 가장 먼저 해야 할 것은 피해자에게 직접 진심으로 사과를 하는 것입니다.

그러나 주의해야 할 부분이 몇 가지 있습니다. 먼저 이 글을 읽고 '아, 어떻게 사과를 하지?'라는 고민이 된다고 해서 누군가와 상의할 생각은 하지 마세요. 그러면 피해자가 원치 않는 또 다른 2차 가해가 발생하고, 피해자의 피해 사실을 다른 사람에게 누설하는 일이 됩니다. 그러면 일이 더 커집니다. 여러분이 상의하고 싶다면 유일하고도 가장 적절한 사람은 조금 전에 알려준 상담기관의 선생님들입니다. 여러분의 부모를 포함하여 주변 사람, 피해자의 주변 사람 그 누구에게도, 여러분의 친구나 친척 등 그 누구에게도 이 사실을 먼저 말하면 안 됩니다.

상담선생님에게 그 사실을 가능한 정확하게 말씀드리고, 피해자에게 사과하고 싶고 자신이 잘못했음을 전달하고 싶다는 뜻을 전하세요. 그러면 선생님은 전혀 나무라거나 비난하거나 탓하지 않고 해결할 수 있는 방법을 같이 고민하고 좋은 길을 제시해주실 겁니다. 이런 일에 아주 전문가이니까요.

만약 상담선생님과 상의하지 않고 피해자에게 직접 이야기하고 싶다면 절대로 피해자가 위협감을 느끼게 다가가서는 안 됩니다. 만약 이야기하고 싶다면 피해자를 직접 대면하기보다는 문자나 편지 등과 같은 간접적인 의사전달 매체를 이용해서 자신이 지난 일에 대해 사과하고 싶다는 뜻을 분명히 전하고, 그 사과를 들을 의사가 있는지 먼저 확인해야 합니다.

제가 알고 있는 어떤 케이스 중에 하나를 알려드립니다. 한 남성이 어린 시절 여동생들을 여러 차례 지속적으로 성폭행했는데 나중에 성인이 되어서는 성직자가 되었습니다. 오빠가 성직자가 되니까 여동생들은 자신의 피해 사실을 더 알리지 못했습니다. 하지만 그런 일을 저지른 남자가 성직에 있다는 것이 점점 더 소름이 끼쳤습니다. 한 여동생이 용기를 내어 그 사실을 말하기로 했고, 다른 자매도 같이 피해 사실을 말했습니다. 결국 가족이 다 모인 집안 행사에서 동생들은 자신이 당한 폭행 사실을 다 까밝혔고, 결국 오빠는 성직까지도 내려놓게 되었습니다.

만약 그 오빠가 진작에 동생들에게 사과하고 잘못을 용서받으려 노력했다면 무엇보다 동생들의 아픔이 빨리 치유되었을 겁니다. 그리고 다른 가족들도 덜 고통 받았을 것이고요.

그래서 피해자들이 성인이 되기 전에, 만약 시기를 놓쳤다면 그 후에라도 가능한 빨리 그 상처가 치유될 수 있도록 용서를 구하라는 말입니다. 또한 가해를 했던 그 경험이 여러분 마음 안에서 또아리 틀고 있다가 더 나쁘게 변하지 않도록 사과하고 용서받는 과정을 거쳐야 합니다. 그런 행동을 했다는 것에 수치심이나 죄책감을 가지고 있다면 그것 역시 올바른 사과에 따른 용서받음이 없이는 해소가 불가능합니다.

만약 여러분이 용서를 청했음에도 거절당했다면, 그것은 어찌할 수 없습니다. 사과하려는 의도가 진심이었다면 그 피해자가 직접 용서하지 않았더라도 피해자의 아픔은 어느 정도 덜어 준 일이 됩니다. 그러니 가해자의 마음은 가벼워지지 않더라도 피해자의 마음에는 약간은 도움이 되었을 겁니다.

하나 더 덧붙이자면, 설령 피해자가 당장 사과를 받아들이지 않더라도 대화를 강요하거나 더 직접적인 연락을 취하지 않도록 해야 합니다. 다만 언제든지 피해자가 원한다면 그 잘못에 대해 피해자가 만족할 때까지 용서를 구할 마음이 있음을 전달하는 것으로 끝내야 합니다.

그리고 자신의 가해행위에 대해서도 정확하게 이해하는 것이 필요합니다. 피해자의 용서가 우선이고 중요하지만 여러분도 중요한 사람이니까요. 자신에게 면죄부를 주기 위해서가 아니라 자신의 행동을 제대로 이해하고 다시는 그런 일을 하지 않기 위해서 상담선생님을 만나보기를 한 번 더 간곡히 권합니다. 여러분이 더 건강한 마음을 가진 어른으로 성장하기를 소망합니다.

27

자해와 자살 충동,
살아있음을 감각하는 일에 대해

스스로에게 묻자, '나는 무엇을 두려워하지?'

자해는 왜 하나요? 그런 짓을 왜 하냐는 힐난이 아닙니다. 알
고 하는지 궁금해서 묻는 겁니다. 몇 년 전 시사주간지《한겨레
21》에서 조사한 바에 따르면 적어도 중고생 6명 중 1명은 자
해한 경험이 있다고 합니다.

정신분석에서는 충동에 대해 이렇게 설명합니다. 한 대상에 대
한 어떤 감정이 생기고 그에 부합하는 행위를 하고자 하면 그때
부터 긴장이 발생합니다. 그 긴장은 행위를 향해 달려감과 그것

을 억제하려는 두 정신 에너지의 충돌로 인해 더 격해집니다. 나중에는 대상에 대한 감정이나 행위 그 자체는 중요하지 않고 긴장을 해소하는 데만 온 정신을 쏟게 됩니다. 결국 그 행위를 하고 나서야 긴장이 해소되는 기분을 느끼며, 일말의 평안함과 후회를 동시에 경험합니다. 이 과정을 통칭해서 충동이라고 합니다.

대상은 연인일 때도 있고, 권위적인 어른일 때도 있고, 친구나 동생일 때도 있고, 부모일 때도 있습니다. 행위의 항목은 스킨십일 수도 있고, 폭력이나 분노, 도둑질, 훔쳐보기 등등입니다. 자해도 이 충동의 기제를 따릅니다. '자살 충동을 느끼는가?'라는 표현에서 보듯, 자살도 이렇게 시작합니다. 자살이나 자해에서 충동의 대상은 자신입니다. 그렇다면 왜 이런 충동이 발생할까요?

좀 뜬금없는 질문 하나를 하겠습니다. 안경을 쓰는 친구들 중에 혹시 안경을 쓰고 있으면서도 안경을 찾아본 적이 있나요? 또는 핸드폰을 손에 쥐고서 순간적으로 '어, 내 핸드폰 어디 갔지?' 하며 두리번거린 적이 있을까요? 옛날 속담에 "업은 아이 3년 찾는다"는 말도 있습니다. 자, 안경을 걸친 채 안경을 찾을 때 그 안경은, 손에 쥔 채 찾는 그 핸드폰은 있는 건가요, 없는 건가요? 있다고 답한다면 "없으니 찾지"라고 반박할 수 있고, 없다고 한다면 안경과 핸드폰 입장에서는 "내가 왜 없어?"라고 발끈하겠죠.

철학 용어를 써서 정리하겠습니다. 이럴 때 안경(핸드폰)은 '실재(實在)하지만 실존(實存)하지 않는다'고 합니다. 물리적으로 그것이 있다는 것은 엄연한 사실이지만 그 실재의 존재 의미가 망각된 상태이기에 실존하지 않는다는 것이죠.

예를 들어 여러분이 방에 앉아있는데 친구가 문을 열고 두리번거리면서 자신이 찾는 사람이 없다고 "아무도 없네" 하고 문을 닫고 가버린다고 칩시다. 나는 친구가 찾는 그 사람이 아니기에 아무도 아닌 상태가 되어버린 것이죠. 그때 여러분은 그 친구에게서 실존하지 않는 사람이 됩니다. 게임 용어로 치면 'NPC(Non Player Character)'가 되는 거죠.

우리는 자기 존재가 타인에게 잊힌 상태를 가장 두려워합니다. 이것을 실존적 망각 또는 의미론적 죽음이라고도 합니다. 잊힌 안경이나, 아무도 아닌 상태로 방에 있는 나는 그런 예시이고요. 만약 여러분이 자신의 존재가 그 누구에게도 영향력을 발휘할 수 없고, 그 누구도 내 말을 안 들어주고, 그 누구도 나의 존재에 자극받지 않는다는 것을 계속 확인한다면 살아갈 필요를 못 느낄 수도 있습니다. 내가 이렇게 고통스러운데 아무도 내 아픔을 모른다거나, 내 아픔을 들으려 하는 사람이 없다거나 하는 경우를 말하는 겁니다.

자해하는 친구들이 겪는 고통은 이것과 많이 연결되어 있습니다. 내가 생각하고 원하는 것은 이것인데, 부모와 학교와 사회는 자꾸 저것을 하라고 합니다. 그들이 원하는 저것을 해야만 가치를 인정해주고 내가 원하는 것은 계속 묵살당한다면 나라는 존재는 그 의미나 가치를 잃어버립니다. 또는 가족들뿐만 아니라 친구들에게도 중요한 사람이 되고 싶고, 무언가 나라는 존재가 확인되는 순간이 필요한데 어디에서도 그런 느낌을 받지 못한다면 어떻게 될까요. 그러면 나는 전혀 중요한 사람이 아니라고 생각하게 되고, 나의 실존은 망각됩니다. 이해되나요, 동의도 되나요? 그렇다면 우리는 자해나 자살을 멀찌감치 물려둘 수 있는 중요한 단서를 찾았습니다.

내가 살아있다는 것을 느끼는 방법에 대하여

또 다른 질문입니다. 여러분은 내 몸에 위장이나 기관지가 있다는 사실을 언제 알 수 있나요? 소화가 잘 되고 위장에 아무런 문제가 없을 때 우리는 위장이 있는지 없는지 감각할 수 없습니다. 다만 위장에 탈이 나서 쓰리고 아프면, '아, 내 위장이 여기 있구나'라고 알게 되죠. 기침 감기가 낫지 않아 일주일 넘게

기침을 하면 기관지가 싸해지면서 가슴 약간 오른편에 수직으로 자리한 기관지의 존재가 느껴질 겁니다. 이렇게 통증을 느껴야만 그것이 존재한다는 것을 알게 될 때가 있습니다.

자해와 자살 충동이 왜 생기는지에 대한 이해를 돕기 위해 두 가지 질문을 했지요. 그 답을 들으며 조금 감이 잡혔을 수 있겠습니다. 자해를 하는 가장 큰 이유는 자신이 살아있음을 고통을 통해 확인하려는 겁니다. 만약 여러분이 자살이나 자해의 충동이 든다면 내가 이 세상에서 또는 부모나 친구들에게 어떤 의미로 존재하고 있는지 도무지 알 수 없는 상태에 빠져있는 것은 아닌지 자신을 살펴보세요.

나라는 존재가 온전한 한 인간으로 대접받는 것이 아니라 한정된 부분만 특정해서 의미를 부여받는다고 느껴질 때도 자기 존재 의미를 의심할 수 있습니다. 예를 들어, 공부와 성적만 강요하는 부모님 때문에 감정과 욕구는 다 거세시키고 오직 공부하는 기계처럼 살아가고 있다면, 집안에서 남동생만 좋아하고 누나인 나는 뭔가 거추장스러운 존재처럼 느껴진다면, 또는 불화가 심한 부모님 사이에서 가족을 중재하거나 어머니를 대신해서 아버지를 보살펴야 한다거나, 친구들 사이에서 인기가 없어서 항상 인싸 주변에서 눈치를 보는 아싸인 자신을 비관한다거나 할 때도 자신의 존재가 희미해집니다.

그럴 때 타인에 의해서 망각된 자신의 존재 의미를 신체적인 고통을 통해 스스로 확인하려는 가장 가슴 아픈 시도가 자해 또는 자살입니다. 무엇보다 자기 자신에게 화가 날 수도 있습니다. 못난 나, 무기력한 나, 아무 데도 쓸데없는 나, 어떻게도 대응하지 못하는 자신을 생각하면 화가 나고 분노가 나를 향할 수도 있습니다. 그래서 그 '해' 또는 '살' 하려는 충동이 '자신'을 향하고, 결국 고통을 유발하여 존재를 느끼는 건강하지 않은 과정을 거치게 합니다. 그런 충동을 느끼거나 죽음을 생각하는 것은 가장 위험하면서, 자신에게도 고통스러운 일입니다.

여러분이 생각할 수 있는 나의 실재를 확인하는 가장 손쉬운 방법이 통증이라면 우리 이제 다른 방법을 찾아봅시다. 자신을 느끼고 감각하고 스스로에게 말을 건네봅시다. 무엇보다 자신을 다정하고 친절하게 대해봅시다. 숲을 산책하거나 강가에서 자전거를 타는 일, 밤하늘을 보며 추위를 느끼고, 샤워하면서 자기 몸을 천천히 만져보는 것도 좋겠습니다. 이런 사소한 노력들이 당장은 여러분의 기분을 좋게 만들지 못하더라도, 이렇게 자신에게 계속 소곤소곤 말을 걸고 귀를 기울이세요. 조용한 뒤뜰이나, 작은 공원이라도 있으면 거기 앉아 가만히 나무의 소리를 듣거나 벌레가 기어가는 것을 바라보아도 좋습니다. 가장 중요한 것은 그 모든 행위를 하고 있는 자신을 감각하는 겁니다.

내가 살아있다는 것을 느끼는 방법은 자해가 아니어도 많습니다. 그리고 그 방법은 항상 나의 감각기관을 열어두고 그것을 활용하는 것을 원칙으로 합니다. 새소리, 나뭇잎이 떠는 소리, 하늘의 색감, 구름의 움직임, 풀잎을 맨발로 밟을 때의 감촉, 바람의 소리, 밤공기와 그 냄새, 공원의 작은 벌레 울음과 별빛을 느껴보는 것을 강하게 추천합니다. 마음이 너무 힘들 때 작은 공원 한켠에 조용히 앉아 자연의 흐름을 느껴보는 겁니다.

예리한 물건으로 손목을 긋거나 허벅지를 찌르거나 머리카락을 뽑거나 손톱이 남아나지 않게 물어뜯거나 또는 거식이나 폭식 등, 이런 일은 오래 끌면 안 됩니다. 가능한 당장 중지하세요. 어떤 경우에도 몸을 해치면 안됩니다. 이건 타협할 수 없는 일입니다. 정신분석가는 무언가를 하지 말라고 하는 사람이 아닙니다. 말장난 같지만 '금지하기를 금지'하는 데 가장 앞장서는 사람입니다. 하지만 이것만은 금지하라고 부탁합니다. 이것만은 타협할 수 없습니다.

돌이킬 수 없는 일을 저지르기 전에 기다리기

오에 겐자부로 선생님은 내가 흠모하는 분입니다. 일본의 소설

가이자 진보지식인이며 노벨문학상을 수상했는데, 심한 발달지체를 갖고 태어난 아들을 음악가로 길러낸 아버지라는 점에서 더 흠모의 마음이 생겼습니다. 《나의 나무 아래서》는 선생님이 청소년을 위해 쓴 책인데, 거기에서 청소년의 자살에 대해 이렇게 말씀하셨습니다. "돌이킬 수 없는 일."

여러분, 한 번 더 곡진히 말합니다. 스스로를 해치지 말아주세요. 여러분들이 아픈 것이 너무 아픕니다.

사족입니다.

여러분들 중에서는 앞서 말한 저런 진지한 이유에서가 아니라 친구 따라 강남 간다고 친구 무리에 섞이기 위해 동질감을 느끼기 위해 또는 강해 보이려고 자해하는 경우도 있죠.

이제는 오래되어 흔적만 남았지만 내 팔뚝에도 담배빵 자국이 하나 진하게 있었습니다. 수십 년이 지나는 동안 그 자국이 자랑스럽기는커녕 볼 때마다 나 자신이 지질하게 느껴집니다. 어른이 되어서 아내나 자식이 알면 열라 쪽팔립니다. 몸에는 손대지 마세요. 여러분은 단지 개인이 아니라 우리 인류의 자산입니다.

28

미숙함과 서투름을 인정하면
더 강해지지

호감 가는 사람의 비밀

사회생활을 잘하는 방법 하나를 알려드릴까요? 정답은 사람들이 나를 좋아하게 만들면 됩니다. 하하, 누가 이걸 모를까요.

외국의 한 연구는 구직 면접자를 심사하는 면접심사관들을 대상으로 어떤 사람에게 좋은 점수를 주는지에 대한 심층 연구를 해봤습니다. 물론 면접관들은 업무 적합도나 문제해결능력 등, 면접의 기준표에 따라 원칙에 충실히 점수를 주려 한다고 합니다. 하지만 이런 객관적인 심사 기준을 능가하여, 심사관의 개인적인 감정을 움직이는 요인이 하나 있는데 그것은 '저 사람과 같이 일하고 싶다'라는 생각이 드는 경우랍니다. 이런 생각은 심사 기준표 어디에도 적혀있지 않지만, 심사관도 인간인지라 끌리는 사람에게 더 많은 점수를 주게 된다고 합니다. 그러니까요, 어떻게 하면 그렇게 같이 일하고 싶은 사람으로 보이고, 나를 좋아하게 만들 수 있냐고요?

내가 뉴질랜드의 직장에 들어가서 시간이 지나 직급이 높아지니 새 직원을 뽑는 면접관이 되었습니다. 어떤 때는 한해에 100명 가까운 지원자들을 심사하게 되었습니다. 사실 어느 특정한 직업이나 직급에 지원한 사람들의 이력을 보면 사실 다 비슷비슷하고, 서류상으로 보면 웬만하면 다 적임자들입니다. 그래도 선별해서 3~4배수의 지원자를 추려서 면접을 해보면 같은 질문에 대한 각각의 대답들이 참 다양합니다. 하지만 사실 이때 면접관들은 질문에 얼마나 스마트하고 적절하게 대답하는가를 평가하기도 하지만 그 사람의 말과 행동 등 태도를 눈여겨봅니다. 잔뜩 긴장해서 말을 버벅거리고 질문에 부응하지 못하는 답을 하는 지원자를 만나면 면접관들도 덩달아 긴장이 되고, 그가 나가고 나면 저절로 긴 한숨을 내쉽니다. 별로 같이 일하고 싶지 않죠. 가장 호감이 가는 지원자는 이런 사람들입니다. 면접관을 편하게 해주는 사람인데요, 이것은 긴장의 정도와는 상관이 없습니다. 친절함과 배려심이 몸에 배어있어서, 면접관에게 '내 대답이 질문에 적절했는가?'를 대답 끝에 확인합니다. 눈치를 보는 것이 아니라, 상대와 자신을 조율하기 위해 세심한 배려를 하는 것이 느껴집니다. 이런 사람들과는 함께 일하고 싶습니다. 왜냐하면 같이 일하는 동료를 진심으로 도울 사람이기 때문입니다.

내 가까이에서 나를 돕는 사람을 돕자

요즈음은 식당이나 은행, 병원 등 사람을 응대하는 직원들은 친절이 몸에 익어있습니다. 이들은 모두 나를 돕는 사람들입니다. 물론 내가 지불한 돈으로 그에 상응하는 서비스를 받는 것이니 가만히 이를 누리는 것은 합당한 일입니다. 그러나 내가 즐거운 시간을 갖도록 그들이 나를 돕고 있는 것이라 생각해봅시다. 그러면 나도 그들의 일이 즐거울 수 있도록 도와야 합니다. 물론 서비스를 제공받기 위해 내가 돈을 지불하지만, 그들이 나를 최대한 잘 도와줄 수 있도록 나도 그들을 도와야 합니다.

살펴보면 나를 도와주는 사람은 항상 주변에 많이 있습니다. 먼저 내 삶의 동심원에 핵심적인 위치에 있는 사람들을 생각해봅시다. 그 사람들이야말로 아주 많이 나를 돕는 사람들입니다. 직장 동료는 말할 것도 없죠. 친구들도 그렇고요. 가족들이야말로 가장 많이 나를 돕는 사람들입니다. 어머니가 내 삶을 도울 때 나도 어머니를 도와야 합니다. 아버지가 나를 위해 힘을 쓰실 때 나도 그와 협력해야 합니다. 나와 중요한 관계에 있는 사람들이라면 일상에서 그들에게 도움이 되는 일을 구태여 생각해서 행해야 합니다. 만약 내가 지금 어떻게도 도움이 되기가 어려운 상황이라면 최소한 폐를 끼치지 않도록 신경 써야 합니다. 사실 우리가 가족들이나 친구들, 애인에게 폐를 끼치지만 않아도 나는 꽤 사랑받는 사람이 될 겁니다.

나중에 직장에 들어가더라도 최소한 주변에 폐 끼치지 않기, 더 나아가 나와 협력관계에 있는 사람들이 나를 더 잘 돕도록 그들을 잘 도우려 노력한다면 누구든 여러분을 좋아할 겁니다. 만약 다른 사람들이 나를 안 좋아해도 상관없다고 생각하는 사람이 있다면, 언젠가 그 사람은 아마 크게 힘겨워질 겁니다. 가장 힘겨운 것은 힘겨운 일을 당할 때 내 곁에 아무도 없다는 걸 느낄 때이기 때문입니다.

하늘은 스스로 돕는 자를 돕는다고 합니다만, 여러분은 여러분을 돕는 사람을 도웁시다. 나를 돕는 사람을 돕는 것이 사람들이 나를 좋아하게 만들 수 있는 가장 좋은 방법 중 하나입니다.

약해지지 말자, 악한 사람이 될 수 있으니까

정신분석가로 일하면서 어느 정도 경력이 쌓이니 후배상담자들이 지도 감독을 받으러 오는 경우가 많습니다. 10년 20년 이상 경력의 상담자들도 있고, 이제 막 대학원을 졸업한 초보 상담자들도 있습니다.

그런데 좀 신기한 후배들을 볼 때가 있습니다. 분명 나한테 배우러 왔는데 그 태도는 배울 것이 없는 듯, 뭔가 다 아는 듯, 자신이 아주 대단한 듯, 심지어 나를 가르치려 드는 후배도 있습니다. 물론 후배에게도 배울 것이 있겠지만 내가 배움을 청하지 않았는데 가르치려 드는 건 좀 시건방진 일이죠.

이런 경우는 10년 20년 이상 된 중견상담자들보다 오히려 상담경력이 몇 년 되지 않은 초보상담자들에게서 더 자주 발견되었습니다. 처음에는 '아니, 저 핏덩이들이…'라며 기분이 상했습니다만(물론 속으로만 생각했습니다), 조금 곰곰이 생각해보니 뭔가 이상한 겁니다. 저들은 대학원까지 나오고 상담까지 할 정도의 인지능력을 가졌고, 자신들이 돈을 내고 시간을 내어 선배에게 배우러 온 것임을 분명 알고 있을 텐데 왜 저런 태도를 보일까라는 의심이 들었습니다.

몇 번 그런 일을 겪고 나서 이 문제를 곰곰이 생각해보며, 내

가 초보였을 때로 돌아가봤습니다. 개구리는 올챙이 적을 기억
못하지만 나는 인간이니까요. 내가 아주 어설픈 초보 분석가였
을 때 내가 가장 두려워했던 것은 내 실력이 '뽀록'나는 것이었
습니다. 누군가가 은근히 옆에 다가와서 "너 정신분석에 대해
뭘 아니, 내담자들과 작업 못한다고 소문났더라"라고 속삭이
고 간다면 나는 완전히 무너질 것 같았습니다. 그런 두려움이
마음 한켠에 항상 자리 잡고 있었습니다. 그래서 동료들 앞에
서도 선배들이나 선생님들 앞에서조차 내가 아주 잘하고 있는
양, 많이 알고 있는 척을 했던 것입니다.

　내가 잘 모르고 잘 못한다는 평가를 받은 적이 없고, 실제로
내가 어떻게 작업하는지 아는 사람이 아무도 없음에도 나를 평
가하는 나 자신의 엄격함에 압도되어 항상 두려워했습니다. 그
래서 아는 척하고, 잘하는 듯 보이는 것은 나 자신을 기만하는
행위였던 겁니다.

　옛날의 내 경험을 반추하여 이런 두려움과 오만의 깊은 상관
관계를 깨닫고 나서부터는 오만한 후배들을 안심시켜 주게 되
었습니다. 오만함의 뒤편에 움츠려 눈치 보는 두려움을 안심시
키고 격려해줄 수 있게 되었습니다. 겸손하지 못한 이유는 두
렵기 때문입니다.

　약한 사람이 악한 사람이 됩니다. 좀더 정확히 이야기하면

약하면서도 그것을 솔직히 스스로 인정하지 못하고 강한 척하려 하면 악한 사람이 됩니다. 스스로를 약하다고 느끼면서도 그것을 인정 수용하지 못하면 자신을 강하게 보이기 위해 어떤 권력을 장착하려 합니다. 그것이 완력일 수도 있고, 학위나 지위일 수도 있고, 정치적 권력이나 재력일 수도 있습니다. 자신의 약함만큼, 또 그것을 인정하는 것이 두려운 만큼 방금 말한 권력을 향하는 절박함은 더 강해집니다. 문제는 그 권력을 쥐고 난 다음 자신의 약함을 방어하기 위해 자기보다 약한 사람들을 향해 그것들을 휘두른다는 겁니다.

여기서 우리가 한 가지 안도하고 넘어갈 수 있는 것은, 자신이 가진 '힘'으로 다른 사람을 착취하고 통제하고 괴롭히는 사람은 내면이 아주 약한 사람들이라는 사실입니다. 겉으로 세 보일수록 속은 나약합니다. 그러니 그 인간에 대해서 쫄지 않아도 됩니다.

다시 원래 이야기로 돌아가면, 내가 정신분석가로 일하면서 만나본, 악하다고 지칭되는 사람들, 이른바 가해자, 범법자로 분류된 사람들의 깊은 이야기를 들어보면 이들은 모두 자신의 약한 면이 드러날까봐 두려워했습니다.

앞서 말한 오만함과 두려움의 깊은 상관관계처럼, 악함과 약함은 같은 몸을 가진 두 개의 얼굴입니다. 인간이 가장 강할 때는 역설적으로 자신의 약한 면을 솔직하게 바라보고 그것을 인정할 때입니다.

여러분, 우리는 항상 약한 것은 아니지만 사실 종종 약해집니다. 또는 어떤 부분은 능숙하고 유능한데 어떤 부분은 미숙하고 서툽니다. 하지만 우리가 상처받고 힘겨워지는 이유는 우리의 약하고 미숙하고 서툰 모습 때문이 아닙니다. 그런 면을 숨기려고 허둥대고 눈에 뻔히 보이는 눈속임을 할 때입니다. 그리고 그것이 타인에 의해 드러나면 타격이 큽니다. 그래서 상처는 받는 것이 아니라 드러나는 것이라고 합니다. 자신의 미숙함과 서툼에 대해 자기 자신이 먼저 인정하고 받아들이는 것이야말로 가장 멋지고 성숙한 태도입니다. 이런 사람은 결코 약해지지 않습니다.

맺으며

어떤 일이 닥치더라도
여러분의 삶은 괜찮을 겁니다

어떠세요. 자신에 대해 알아가는 연구 과정을 하나 마쳤습니다. 즐거운 고통이었을까요? 어떤 부분에서는 틀딱의 잔소리도 좀 했습니다. 좀 까다롭고 어려운 질문도 있었고요. 또 몇 부분에서는 가슴 아픈 얘기들도 나눠야 했지요. 그래도 이 책을 읽는 동안 여러분 자신과 접촉하는 경험이 몇 번은 있지 않았을까 싶습니다. 정말 그랬으면 좋겠습니다.

정신분석은 자신을 연구하는 일, 자신이 모르는 것이 무엇인지 알아가는 일, 자기만의 언어를 가지는 일이라고 말했습니다. 이 책 한 권으로 다 이루어지지 않을 겁니다만, 여러분들이 "나는 그 일들을 이제 개시했노라"라고 말한다면 정말 좋겠습니다.

이 책을 마무리할 때가 되었습니다. 아쉬운 마음입니다. 하지만 책의 서문에서 이야기했듯, 여러분들이 이 책을 덮고 다음 삶으로 넘어가더라도 우리의 미래인 여러분들의 삶에 저는 계속 동행할 것입니다.

이 말을 꼭 기억해주세요. 앞으로 어떤 일이 닥치더라도 여러분들의 삶은 계속 괜찮을 겁니다. 어떤 좌절이나 아픔을 겪더라도 매일 살아있다는 것만으로도 충분히 좋습니다. 아주 많이 힘겨울 때면 조금만 더 여러분 자신에게 시간을 주세요. 조금만 더 침착해지세요. 그러면 정말 괜찮아질 겁니다. 그때까지 시간을 주세요.

이제 마지막 글을 남깁니다. 감사합니다.

'최선'을 삶의 기준으로 삼는 사람은 성공과 실패로 인생을 평가하지만, '진심'을 가장 소중하게 여기며 사는 사람은 모든 일에 후회가 없습니다.

자신에게 저지르는 가장 큰 잘못은 진심이 아닌 일에 최선을 다하는 것입니다.

아름다운 소년/소녀를 잘 간직한 어른이 됩시다.

나는 꽤 괜찮은 내가 될 거야

초판 1쇄 인쇄 2024년 11월 15일
초판 1쇄 발행 2024년 11월 20일

지은이 | 이승욱

발행인 | 박재호
주간 | 김선경
편집팀 | 강혜진, 허지회
마케팅팀 | 김용범
총무팀 | 김명숙

디자인 | 석운디자인
표지 그림 | 함주해
교정교열 | 구해진
종이 | 세종페이퍼
인쇄·제본 | 한영문화사

발행처 | 생각학교
출판신고 | 제25100-2011-000321호
주소 | 서울시 마포구 양화로 156(동교동) LG팰리스 814호
전화 | 02-334-7932 팩스 | 02-334-7933
전자우편 | 3347932@gmail.com

© 이승욱 2024

ISBN 979-11-93811-33-7 (43180)